U0641529

晓 梦 情 感 治 疗 系 心 理 小 说

C O M F O R T Y O U

转身 遇见你的寂寞

美女律师的非常情感生活

晓梦◎著

北京联合出版公司
Beijing United Publishing Co.,Ltd.

目录

contents

Chapter 1

顾凯：魔鬼男人和女版福尔摩斯

One

“天使和魔鬼的完美结合”，有条短信这样评价我。

我发誓，在这个鱼龙混杂的社会当中，我认为自己是一个比较正直、比较正能量的男人，称不上天使，但肯定不是魔鬼。

不过，什么天使、魔鬼，这不是用来形容女人的吗？我熟知的组合是：天使面孔、魔鬼身材。

可是，一个我曾最爱的女人居然把这个词套在我身上。

我，顾凯，堂堂的大男人，中国南方林邑市有一定级别和身份的实力派人物，形象气质俱佳，常常被人说成是“男女老少通杀”，面对一个涉嫌混淆性别的评价，我实在有些哭笑不得。

发来短信的这个女人名叫樊影，是广州一家图书公司的文学编辑，“秀外慧中”四个字，就是对她最好的概括。

“凯，我爱你，因为你有天使的好心肠和魔鬼的坏习气。你对我情深义重，与你妻子也恩爱有加，可是你却同时背叛了我们，甚至你还有其他的女人。我知道人性本来就是善恶交织，没有绝对完美的人。我爱你，恰恰因为你是天使和魔鬼的完美结合。”这就是那条短信的全部内容。

当时我心跳加速，却无话可说，一声叹息，只回了两个字：“胡说。”

曾经有两年时间，樊影是我的心头至爱，我对她的感情甚至一度超过了我的妻子杜红雨。

没错，樊影是我的情人，说得更准确些，正如她感觉到的那样，是我的情人之一。

我愿意在这里袒露我的人生故事，包括最阴暗、最隐私的部分。当然，仅仅是在这里。在一本小说里我是安全的，因为在现实的世界里，没有人知道我究竟是谁。

都在指责男人花心，这实在有些冤枉。其实男人也很重感情，不管他和多少人纠缠，他心底最爱的人只有一个。当然，最爱能够最爱多久，不是男人一个人说了算，也取决于那个最爱之人的魅力和实力，或者，还要加上，是否会发生什么意外事件。

别忙着鄙视我或者谴责我，我敢打赌，如果换作你是我，我是说，如果你拥有我的一切，实力、智商、环境、遭遇、形象气质等所有的优点和缺点，你不见得会表现的比我更好。你不信，那么要不要真的赌一把？

对于拥有情人，内心深处，我并不扬扬得意，但也不觉得有多么羞耻。如果有一种仪器，可以准确无误地读出人的心思，我敢说，在目前这个时代，一百个真正成功的男人当中，至少会有九十五个男人有情人，不，也许有九十九个。我真敢这么说。

关于花心，记得在网上看到过一位男性心理专家写的文章，专门谈论男人花心，他说：“所谓‘十个男人九个花，还有一个身体差’，这话其实不对，事实上，身体差的男人，也还是花，因为这是由遗传基因决定的。当然，即使花心是男人的天性，毕竟我们还有社会性，如果我们仅仅是花心，但是如果能够成功地规范好自己的行为，我们依然是好男人。”

看看，这可是中国非常著名的、被主流社会认同、经常出现在CCTV屏幕上的专家说的，他的名字我就不点了。

我承认在私底下，我没能按照社会的要求以及妻子的要求来规范自己的行为，请注意，我说的是私底下；然而从表面看来，在许多人眼里，我是一个极其出色的男人。这世界上很少有彻底的正人君子，每个人内心既住着天使，也有魔鬼光顾。只有道德水准极高的人，才会一直让天使主宰自己的一切。

由于樊影在外地，我和她之间的联系被发现的概率很低。我的妻子——以精明、敏感著称的美女律师杜红雨——从头到尾都没有觉察。呃，至少我认为她没有觉察。

到今天，我对樊影曾经有过的狂热迷恋已经逐渐降温，但平心而论，我心中对她依然有爱意，也许这种爱意会一直持续下去，一直到我生命的尽头，因为，樊影是唯一凭智商和灵气而非青春美貌吸引我的女人。

肉体易衰老，而灵魂可以一直年轻；如果你爱上的仅仅是一具肉体，这样的爱是容易令人厌倦的；但如果只爱一个人的心灵，怎么说呢，这样的爱没有人间烟火，一样容易消逝；只有当你爱一个人的肉体加灵魂，这份爱才更容易长存。我并非不懂这些道理。樊影动不动就说我是感官动物，实在是天大的冤枉。

我清楚地记得第一次见到樊影时的情景，那次我去广州出差，朋友请我吃饭，她刚好坐在我身边。在第一印象中，她是一个长相甜美却面容憔悴、神情里有淡淡忧伤的女人。

不知道为什么，见到她的那一刻，我觉得自己满腹的柔情都被唤醒了，身体的每一个细胞都跃跃欲试，让我想要去呵护她。是的，呵护。

保护弱者，很多时候是我的行为准则。不是为自己辩护，内心深处，我确实是非常善良的人。此外，之所以关注樊影，应该还有另一个因素，也许一个人在旅途中，内心会特别期待一场艳遇——一个忧郁的年轻女人无疑是艳遇的好对象。

我在林邑每天都忙得一塌糊涂，我们这个机构需要对口管理的单位多达两百多家；尽管我把不少任务分派给我的副手以及其他人去做，每天还是有无数事情会上报到我这里，让我忙得团团转，而去外地出差对我来说反倒成了一种放松。

樊影说不上特别漂亮，也就中人以上之姿。但是她的气质非常好，后来我分析，她的气质大约是被那些唐风宋韵、欧美典籍陶冶出来的。她的谈吐非常文雅，观点独到而深刻，这样一个又忧郁又优雅的女人，让我对她充满了向往和好奇。

听说我来自林邑，她接口说她有个非常要好的女朋友也在林邑。这样一来，我们就有了共同话题。她说如果以后她去看望林邑的女友，一定给我打电话。我将樊影这些话视为一种含蓄的勾引，不不，还是说好听一点，应该算是一种迎合。我情不自禁地开始关心她，替她挡了好几杯酒，不动声色地给她递餐巾纸。她转头认真看我一眼，对我嫣然一笑，脸上的忧伤烟消云散，一下子变得春光明媚起来。

在成熟的男人和女人之间，一个眼神，一个小动作，就能够说明一切，彼此会在瞬间心领神会，不需要像小青年一样大玩特玩猫和老鼠的游戏。

散场的时候我们互相留了电话。后来她告诉我，那段时间，她事业失利、家庭失和，是人生中最灰暗的日子。她说我的眼神，她一看就懂了，知道我喜欢她；她还说我就是她想要的那种男人，令她一见倾心。我反问她，想要的是哪种男人？她说，就是那种她看着喜欢，并有一定实力，还比较靠谱、比较重感情的男人。

说实话，我也觉得自己是一个相对靠谱、重感情的人。把女人当玩物的男人，我见多了。当然，把别人当玩物，自己肯定也不是什么东西。

总之，我和樊影算是一见钟情。

此后我们一直短信联系。读她的短信是种享受，她的语言文采斐然，随便说什么都能深入人心。有时候她会跟我分享哲学家们关于爱情的言论，比如："真正的爱情是灵魂与灵魂的相遇，肉体的亲昵仅是它的结果。"比如："一万次艳遇也比不上一场深刻的爱情。"那时候她只跟我吃吃饭、喝喝茶、散散步，拒绝之后又于心不忍，于是发给我这样的内容。

她发这样的短信，是在我们第三次见面之后。那时我蓄意想把她请到床上去，当然我会用非常含蓄的字眼儿，比如："你应该累了吧？要不到我房间里去坐坐？"但是她非常干脆地拒绝，一般用三个字："这次不。"

这三个字，由她说出来，太意味深长了。首先，她的语气非常坚定，不容置疑；然后，她留有余地，还有想象空间，只是这次不，也许下次就可以。

这情形让我感觉如同在漫步山岭的途中遇到一只健壮而狡猾的野兔，它见了人扭头就跑，但跑几步，又停下来转头打量来人。去追吧，估计一下子追不上；放弃吧，又觉得实在可惜。总之，我被她吊足了胃口。

我疑心我的灵魂就是被她的短信抓住的。反正，除了每天数次短信联系，我还特意制造机会去广州，每次都打她电话，很诚心地请她吃饭，并且送一些她会欣然接受的小礼物。比如说我们家乡的土特产，比如说非常精致的钱包。我知道刚开始就送她贵重的礼物是不妥当的，会显得我这个人特别心急，目的性太强。

直到第六次见面，我们顺理成章地上了床。那天她的表情非常迷离，说不清楚是欢喜还是惆怅，让我想到迷途的羔羊这类词，对她更加心生爱怜。

真正让我迷上她的，是我和她在床上的感觉。她是一个非常滋润的女人，说得露骨和粗鄙些，就是水多。她的身体和心灵都是如此。所谓心灵，就是柔情似水。

我一直以为，年届不惑的男人，工作压力大，人疲惫，对性的兴趣实在是有限，然而跟她在一起，我觉得自己重返青春，我甚至有一次厚颜地给她发短信说："宝贝，你让我重新变成一个猛男。"

在她面前，我什么都可以说，什么都可以做。并不是这个女人有多么精于床上之道，事实上，她的表现是有些笨拙的，但她点燃的是我的灵魂，这个三十来岁比我小七八岁的女人，让我重新体会到热恋的感觉。

每次跟她上床，我都可以大战两三个回合。酣战过后，我常常会凝视她那张既不青春也不衰老却让我钟爱的脸，正如她又痛切又深情地凝望我一样。

她说我唤醒了她，是迄今为止唯一和她相爱的男人。以前的人，不是她不爱别人，就是别人不爱她，她和丈夫的感情也不亲密。她还说她以前基本上是一个性冷淡，是我让她变得喜欢床上运动。

在我眼里，她是个矛盾的女人，即所谓的"放荡的贞女"——过于放荡的女人和过于强调贞洁的女人都不够有魅力，唯有又放荡又不失贞洁的女人，才有致命的诱惑。

她说她已经对我上瘾，每天不联系我就会觉得还有什么事情没有完成。我们基本每天都有电话或者短信，偶尔，她也会特意来林邑看我。她有时候故意不声不响地来，想要给我惊喜。

问题在于，她这样的做法，带给我的是“惊”多于“喜”。

真的，有一次，她让我无比震惊。

Two

因为在我的生命里，除了杜红雨，除了樊影，还有别的女人。

最近的一段艳遇有些特别，这个名叫林虹的女人，是在我生病时照顾过我的护士，非常用心、贴心，我不得不承认我对她动了心，而且很上心。

我很奇怪樊影在外地，居然对此也能感觉到，这真是一个近乎“巫性”的女人。

她处理信息的能力实在是太强了。

在樊影面前，那一次我表现得非常狼狈，而她却是洞穿一切的女版福尔摩斯。

那天下午两点，她突然发短信说：“不速之客，是否欢迎？”

她告诉我，她暂时住在林邑一位朋友的家里。我立刻有眩晕的感觉，因为她的突然到来打乱了我的行动计划。

我考虑了好几分钟，我在当天本来是不方便见她的，可是，我又不能不见她，她远道而来，只要我还在意她，就没理由不在当天见她。于是，我给她回短信说，争取晚上见面。

三点多，我再给她短信，说晚上在“山舞银蛇”大酒店见面，时间待定。

四点多，我又短信：“晚上八点，山舞银蛇 508 见。”

这几条短信，她都只回了一个字：“好。”

六点二十，我发短信说：“我到房间了，能快点过来吗？”

她回短信问：“这么早就吃过饭了？”

我回复她：“没。”

她又发来短信说：“你先吃饭，我在朋友家晚餐后就过来。”过了几分钟，她又发来短信：“要不，我过来陪你吃饭？”

我回她：“宾馆有方便面。我有些累，不想去外面。”

她说：“那我吃了饭马上过来，这里就要开餐了，我好饿呢，不吃饭不行。”

她特意在短信上加了个俏皮的鬼脸。饿，这个字意味深长，应该是一语双关。

七点半，当她出现在房间里的时候，我们像平常一样，聊不了几句，我就催着她淋浴，上床。

不过这一次，我在床上只待了半个小时左右就翻身起来，穿好衣服在房间里坐着陪她，而不是像平常那样，拥着她休息，准备下一轮奋战。

她沉默，用探寻的目光望着我。我假装看电视，顾左右而言他。

她突然从床上欠起身子，一把抱住我，抱得紧紧的，深深地把头埋在我怀里。

我马上觉得有什么不对，用了点力才捧起她的脸——因为她明显想把自己的脸藏起来。

我吃惊地发现她泪流满面，她哽咽着说：“你不爱我了。”

我替她拭泪，爱怜地说：“傻瓜，别胡思乱想，我只是这段时间工作太忙，特别累。”

她说：“你可以叫我傻瓜，但别真把我当傻瓜。”

我笑笑，不说话。

她的手指在我胸口画来画去，幽怨地说：“为什么你不用心爱我？

为什么你要爱那么多人？为什么你要把自己的心分成许多许多片？我住在哪一块碎片里？碎片很锋利，会伤人呢！”

我轻轻吻吻她，还是不说话。

她似乎想了想，才下决心说：“如果我没猜错，等下你要去天合宾馆的贵宾楼见另一个女人。”

她的话刚出口，我触电般弹起来，去拿我放在茶几上的手机。这个动作完全出自本能，想都没想我就跳了起来，而且我自己都为自己的行为感到吃惊。

她也吃了一惊，而后得意地一笑，幽幽说：“我没看你的手机，但是如果你愿意，可以把你的手机给我，让我证实我的猜测和分析。”

她只是说说，然后哀怨地望着我，并没有真要看我手机的意思。我目瞪口呆地盯着她，沉默不语。

这个女人，是不是妖怪变的？

她猜对了一切。只不过，要把时间顺序颠倒一下，我一个多小时以前刚从天合宾馆贵宾楼过来，刚从林虹身边离开。

因为我事先不知道樊影会在这一天来林邑，而我跟林虹有约在先，我们提前预约了一周，不方便取消和林虹的约会，只好硬着头皮两个都见。当然，这个真相，打死我我也不会对樊影坦白。

她继续说：“你想知道我的判断依据吗？”

我假装坏笑着答：“说说看。”

我对她的推理过程好奇到了极点，但我又要掩饰我的好奇，所以只能假装坏笑。据说相由心生，坏笑装多了，看起来可能就真的像个十恶不赦的坏人了，以后我要尽量不使用这些负面表情。

Three

樊影说："真正聪明的女人虽然能够看破一切，却什么也不会说。可我忍不住要说出来，因为我是一个蠢女人。好，言归正传，第一点，你今天的表现跟平常太不一样了。"

我猜她指的是我刚才在床上的表现，于是，不置可否道："继续。"

她说："我修正一下刚才的判断，可能你是刚刚从天合宾馆另一个女人身边过来。"

我大骇，她居然连顺序都自己纠正过来，完全猜对了！我只是盯着她，什么也不说。

她也研究地看着我，而后继续说："因为，除了刚才说的你的表现不正常之外，第二点是，这次见面的时间和地点都有问题。先说时间，这个点，本该是吃饭的时间，要么你会在外面应酬，要么你会在家里吃过饭再来；在这两种情况中你都不会现在到宾馆，而你却跑过来吃方便面，我有理由推测你是从一种非常特殊的场合脱身，比如，你从另一个女人身边过来。很可能你跟她说的借口是，家里有重要客人，你要回家陪客吃饭，或者单位有应酬。至于地点，以前几次，我们都是在天合宾馆的贵宾楼见面，今天你之所以改地方，可能是因为我们在那边见面不方便。为什么会不方便呢？这里面的想象空间非常有限，我很容易就猜到你是和别的女人在那边开了房。你看，时间、地点都有问题，而且我的推测正好可以自圆其说。"

听了她这段推理，我在心里为她的聪慧拍案叫绝，但我面不改色，问道："还有吗？"

她说："还有，这恰恰是最重要的一点。第三点，当我说出你等下要去天合宾馆贵宾楼见另一个女人的时候，你的第一反应是大惊失色，立刻去拿手机，因为你本能地认为是手机泄露了你的秘密。确实，你跟别的女人联系，只能依靠你的手机。而且，可能是以短信为主，因为你身边大部分时候都有别人，通话不方便。"

我望着她，勉强给自己的脸戴上一个微笑的面具，却沉默不语。这个女人，她切中了要害。我简直觉得自己无地自容，没来由地升起一股对她的厌恶之意，但我仍然什么也不说。

她略带得意地说："我上大学的时候看过一本福尔摩斯探案的书，他为了探查一个女人把最重要的一样东西藏在哪里，故意制造火灾假象，然后暗中观察那个女人的行动。果然，如福尔摩斯所料，当外面一片喧哗大叫起火的时候，他看到那个女人立刻去打开一个地方看了看，福尔摩斯于是确信那样东西是藏在她打开看的地方，想等她离开再派人去偷走那样东西。只不过，那个女人的智商不比福尔摩斯低，福尔摩斯派去的人只偷到一封写给这位老牌侦探的信。因为当这个女人知道并没有起火，只是一场虚惊的时候，就猜到这是福尔摩斯故意为之，是想诱导她泄露秘密，于是她悄悄把那样东西转移了，反而给福尔摩斯留了一封信，后来那个女人成了福尔摩斯最尊重的女人。"

这个故事，说实话，我没听过。

樊影笑笑，仿佛她就是故事里的女人，而后继续说："这个女人遵循的原理是，人在慌乱的时候，本能之下做出的反应是最真实的，他们会第一时间去关注自己最关心的事物。你自己注意到了吗？刚才我一说出等下你要去天合宾馆的贵宾楼见另一个女人，你立刻跳起来去拿你的手机，这就是你最真实的反应。这个动作说明，我说的话是对的，切中了你的要害，你很清楚你的手机记录了相关信息，你甚至以为我偷看了你的手机。"

她说这段话的时候，我盯着她，眼睛都没眨一下。

这个妖魔般的女人！

她什么都没看见，却知道了一切。不，应该不能说她知道一切，她只是猜测，起码她不可能知道我具体跟哪个女人在一起。

我觉得我的血液在冷却。一个女人，太聪明了，会让人觉得恐怖。

对于她的推测，我既不承认也不否认，只是用温柔的口吻说："神经，别胡思乱想，别把自己假想的事情当成是事实。"

她再次投入我的怀抱，喃喃自语："我看穿了你，我知道你所有的优点和弱点。你的优点，不用我说，一定有太多的人告诉过你。你的弱点是，你喜欢女人，心肠又软，你无法拒绝靠近你的女人。也就是说，你太坏，又太善良。你看，我知道这一切，还是无法克制地爱你。"

她说完吻住我的脸，她的泪水同时沾在我的脸上，先是热的，而后慢慢变凉，让我心惊。

她的嘴唇那么柔软而且芬芳，我的血液蓦然从冰点上升到沸点，开始狂热地回吻她。这是一个让我又爱又恨，又喜欢又惧怕的女人，和她斗智斗勇，其乐无穷。

我突然明白为什么我会痴痴爱她整整两年，我突然明白为什么很可能这辈子我都不会放下她，她跟我是同一个能量等级的异性——从智商到身体，她都跟我在同一个等级。她的智商甚至高过杜红雨；至于身体，相信我，有的人，真的是为另一个人量身定做的。

前阵子我生病的时候，樊影也来林邑悄悄到病房探望过我。那一次我们什么也没做，但是她唤醒了我心底最深藏的爱意。她是一个情深义重的女人，遇到她，是我的福气。

直到护理我的女护士林虹闯进我生命的时候，樊影才稍稍被边缘化了，我耗在樊影身上的时间、精力相对减少了些。毕竟人的精力有限，我要操心的事太多了；毕竟她在外地，而林虹在我身边，确实是鞭长莫及，但我仍是爱她的。她经常在短信里抱怨我不再关心她，不过她并不愿意离开我，因为我是在她最脆弱的时候靠近她的，她已经把我深深刻在她的心底。有句话这样说：“因为认定，所以自困。”女人是蚕，把丝吐尽之后，还会结茧缚住自己，只有少数能够破茧而出。

林虹之所以能够俘获我，也是因为她在我最脆弱的时候出现，正如我是在樊影最脆弱的时候出现一样。

心理学家告诉我们，人在脆弱的时候，特别需要情感的关怀，爱情的滋养。

千万别把我归入“坏”的行列，如果离开《她的王》这本书，哪天你在现实生活中遇到我，我猜你多半会非常欣赏我。

不止一次，我深刻地自我反思：顾凯，你究竟是个什么样的男人?

Four

我游戏感情吗?肯定不是这样，恰恰相反，我觉得自己是一个非常重感情的人。

我不负责任吗?好像并非如此。应该说，相比之下，我很有责任心。对工作，对家庭，对自己，对家人，对同事，我自认为算得上仁至义尽。

我的妻子杜红雨也是爱我的，那样一个功成名就的美女律师深深爱着我，我没理由妄自菲薄。

我模糊记得一个故事，说有一个女人犯了通奸罪，众人要用石头砸死她，上帝说：“如果你们谁认为自己是没有一丝一毫罪过的，就可以用石头砸她。”结果每个人低头想一想，都丢下石头，默默离开了。

人性啊，人心啊，都是非常复杂、具有多样性的，如同这世上的物种，不能简单地以好坏来区分。你能说巍巍高山是好的，而一条蛇是不好的吗？你能说牡丹花是好的，而一株小小的狗尾草是不好的吗？

我相信这世界上真有非常单纯、非常美好的男人和女人，比如我的妻侄女杜子归和她的未婚夫韩斌，我打赌他们是这个世界上现实版的凤毛麟角的金童玉女，美好得让人不敢相信他们是真实存在的。尽管如此，我相信他们生命中也有不为人知的秘密角落，所以我并不那么羡慕他们，而每个人都有自己无法绕开的命运。

我不认为我是个道貌岸然的坏人。我一直觉得，感情、性这些事，其实是自己的私事。正如樊影所说，我这人心软，不忍心拒绝那些主动靠近我的优秀女人；偶尔，我也会主动接近我欣赏的女人。于是，那些怦然心动的时刻、真心的爱或者偶尔的风流韵事，很容易在我身上发生。难道，因此就能认定我是坏人？

我原来并非如此，起初，我是个标准的传统意义上的好男人，非常正经，是个工作狂，也热爱家庭。

我的第一次出轨经历，那已经是十年前的事了。说起来很丢人，对象是 KTV 包房里的一个小姐。那个小姐形象甜美清纯，长得像某某甜歌星。她陪我唱了好几支歌，然后贴到我的耳边悄悄说，她很喜欢我，希望跟我有更多接触，要我等下把她带到宾馆里去。这样的挑逗让我热血沸腾。那段时间杜红雨正怀孕，我们很少过夫妻生活，而我又是个精力充沛的男人。那天晚上，乘着酒兴，我真的到宾馆开了间房。其实我心里是充满恐慌的，想着这样做会不会被杜红雨察觉？会不会被别人发现？还有，会不会染上性病？

我忐忑不安地完成了我人生中的第一次出轨，第一次感受到了有别于杜红雨的不同女人的滋味，也第一时间逃也似的离开了那个小姐。当然，后来谁也没有发现这件事。

此后，出于安全考虑，我绝不再跟小姐乱来，但是如果遇到漂亮的女孩儿向我传达信息，在确信这个女孩儿是真心喜欢我，且人品和性情都不错，不会给我带来麻烦之后，我常常会半推半就，甚至主动出击，而不再像以前那样假装一本正经。我第一个正儿八经的婚外情人是我的女下属，后来她跟老公一起调到外地，我们才断了往来。

有一段时间，我总觉得自己心里有鬼，于是连眼镜都配了副茶色镜片的，我怕别人看透我纠结的内心和躲闪的眼神。

我曾经揣想，难道，我真的是一个坏人？应该不是。我对工作尽职尽责，对朋友尽心尽力，也用心呵护我的家庭。不，这样的男人，没有理由说我是坏人。

用好人或者坏人这种粗浅的标准来判断如此丰富复杂的人类，是不是太幼稚、太苍白了？

还有，性，其实应该是一件非常私人化的事情，为什么要把它弄得过于神秘？为什么非要上纲上线地把它当成评判一个人道德品行的标准？为什么要把本能的、单纯的性和“责任”、“道德”这些事情直接等同起来？你们可以鄙视我，但内心深处，我就是这么想的。当然，在公开场合，我不可能这么说。

杜红雨也好，樊影也好，林虹也好，假如她们其中的哪个无意中发现了我的隐私，如果她们爱我，就必须全盘接受我。当然，我也会尽可能照顾她们的情绪，不让她们发现我的阴影面，好好爱她们。不然，如果她们不肯接受，非常遗憾，我可能宁愿她们离开我。

话虽如此，如果她们当中的哪一个真的离开我，也许我会很痛苦。不过，我这个人有着强大的自我控制能力，即使痛苦，这痛苦也持续不了几分钟，因为我非常善于转移我自己的注意力。

偶尔我也会逼问自己：“顾凯，你的私生活是不是真的有些堕落？”然而，马上会有另外一个声音自我辩解：“可我是一个正常的男人，我一定要时时刻刻压抑自己的愿望吗？”

我当然知道我“应该”怎么去做，可是，我更清楚我自己“想要”怎么去做。

不过说实话，如果能够控制好，对女人，最好不要产生太深的感情，也不要让婚姻外的女人对你产生太深的感情，否则特别累人，特别烦人。除非那个女人非常好，好到你自己心甘情愿地累，无怨无悔地烦；除非你无法控制自己的感情，无法放下她，那就只能听天由命。这是真话，信不信由你。

对大多数人来说，感情是一把火，真要玩起火来，你不知道它是否会失控，最终会烧成什么样子。

林虹最近就有些失控。她动不动就发火，还对我纠缠不休，连杜红雨都有所警觉了，说话常常意味深长，一语双关，什么“人性很贱，有的人，你对他好，他就是不领情，不如不把他当人看”，什么“野花可能香，更可能有毒，把人毒死”……我后来才知道林虹容易发脾气的真正原因。

总之，如此内外夹击，我烦得要命，有时候不想理她们，不想理会任何一个，常常干脆把自己灌醉，醉了就可以什么都不想，一到家就倒头大睡。

如此酩酊大醉，看似省心，却会泄露一些秘密，会有一些事情不在我意识的控制范围之内。

Chapter 2

杜红雨：一次报复式放纵体验

One

“他人即地狱”，不记得这话是谁说的了。

我，杜红雨，在这美貌被当作生产力的时代，人称“美女律师”，对关于地狱的措辞印象深刻。

他人是否真是地狱，跟我关系不大，可以不管；然而有些时候，我竟然发现，我一直深深爱着的老公顾凯，竟然也是我的地狱——他的几次出轨都让我察觉到了，这实在令我痛苦不堪。

我们俩是外人眼里公认的幸福夫妻，我们家被组织上评为模范家庭，而我的老公却频频出轨，这是多么巨大的讽刺啊！

也许有人会问：“你这么优秀，你老公还出轨，为什么不离婚？”

可是我要告诉你，除了花心——何况表面上还看不出来，我的老公顾凯是一个非常难得的好男人。这世界上哪有完美的人呢？离婚根本不是解决问题最好的方式。当然，也不是说绝对不能离，至少目前没到非要离婚的地步。

我做过一个非常奇怪而且悲惨的梦。那阵子顾凯在外地出差，我一个人在家。我梦见我全身的皮肤被剥光了，痛得无法忍受，却还挣扎着去照镜子，发现镜子里有个怪物，没有皮肤，血肉模糊，奇丑无比，我知道那是我自己，于是发出惨叫，然后，自己被自己恐怖的叫声惊醒了，才知道是在做梦。

我明白这个梦意味着什么，这跟我自己对爱情的信念有关。

爱情是什么，这实在是因人而异。有的以之为呼吸，跟生命一样重要；有的喻之为味精，调调味而已。于我而言，爱情是皮肤，没有也不会死，但是失去皮肤会令人痛不欲生，而且丑陋不堪，所以我才会做那样的噩梦。

顾凯撕碎了我关于爱情的所有美好幻想。美好的爱情应该是什么样子的？我一直认为，两个有缘人，彼此深深地爱着对方，风霜雪雨也好，风花雪月也罢，始终心无旁骛，牵手走过一生，这就是美好的爱情，难道世上还有比这更美好的感觉吗？

可是，顾凯，他口口声声说爱我，却又不停地出轨，不停地爱上别的女人。

如果这世上我最爱的男人都无法让我信任，如果像我这种在所有人眼里又优秀又幸运的女人，所拥有的爱情都是支离破碎的，那么，我的人生中还有什么东西是完整的呢？

已是早上九点，我懒洋洋地不想起床。只要不开庭，法律顾问单位又没什么要紧事，我就可以非常自由地支配自己的时间。

我打开CD，听一首名为“斯卡布罗集市”的英文爱情歌曲，这曾经是我和顾凯最喜欢的一首经典情歌。每次我们相拥着倾听这首歌的时候，总觉得心里那种叫作“爱”的感觉，在像植物一样慢慢生长。而此刻，是我孤单一人，而我爱的人的身心，却不知道在何方流浪。一念及此，我泪流满面。

不行，我不能放任自己如此消沉。

把今天的事情处理完毕，晚上，我得想办法摆脱这种痛苦的情绪。

只要我自己愿意，办法多得是。

或者，我，是不是也可以放纵一次？我敢吗？我愿意吗？

虽然我是一名律师，很多时候表现得相当理性，但事实上，我骨子里还有非常感性的一面。曾经我非常喜欢写散文，容许我自恋地说一句，我写的散文不但文笔好，还相当有情怀。

我的一位作家朋友偶然看到我大学时代写的一篇散文，惊叹着这样评价我："真没想到，像你这样一个艳如桃李、冷若冰霜、严肃冷峻的女人，竟然有一颗如此色彩斑斓、温柔多情的内心。"

各位注意，他连续用了两个"冷"字。

我真有那么冷吗？

我听不出来他是在恭维我，还是在打击我。

当时我不置可否地笑了一笑。

今天晚上我要热辣起来，比如，和男人一起买醉。

我打起精神到律师事务所处理了几份法律文书。到了下午，恰好一个法律顾问单位的老总——杨威——打我的电话，像往常一样邀请我喝茶，估计又要讨论一个他们单位的法律问题。

我叹口气，用开玩笑的口吻说："喝茶？今天来点重口味好了。我们喝酒吧，一醉方休！"

这不是我的风格，我平常很少如此放肆，何况喝醉酒绝对不是什么享受的事。应酬的时候，起初我不知道自己的酒量，偶尔被逼得喝醉过，难受到不行，挣扎着回家，呕吐得一塌糊涂，昏睡过去之后，第二天醒来还在吐，苦胆水都吐出来了。顾凯痛心疾首地警告我再也别喝醉。就这样醉过一两次，再后来，我一般会把握好分寸，不再让自己喝高。你看，我大部分时候是个很理性的女人。当然，并不是说，在生活中很理性的人就完全没有感性的成分。至少在我老公顾凯面前，我是非常感性的，但他似乎不够珍惜我少有的感性。

杨威对我主动要求喝酒虽然有些不解，但他非常兴奋，这种兴奋在他电话中微微颤抖的声音里暴露无遗。

他说："你想喝酒？还要一醉方休？那真是太好了。我昨天还听到一句非常精辟的话，要不要跟你分享？"

他故意卖关子，停顿下来。我哼哼了两句，也不问。

他继续道："这句话确实很智慧，是这样说的：'酒不是什么好东西，可是，没有比酒更好的东西。'"

我笑哈哈地说："太经典了！什么高人总结出来的？晚上我们好好体验一下，看看酒究竟是不是好东西。"

他也朗声笑道："好！好！难得大美女、大律师有如此豪情，我舍命奉陪！"

"大美女"这个称呼，年轻的时候也许当之无愧，但现在已经不适合我了。一个即将四十岁的女人，在中国这样一个争先认购女人的青春的时代，再美，能美到哪里去？

"大律师"嘛，倒是当得起，问心无愧。

在林邑律师界，我绝非浪得虚名，那是真刀真枪干出来的。

确实是面对过真刀，这里有个小故事。我才入行一年多的时候，接过这样一个离婚案，男方对妻子动不动就拳脚相加，又死活不肯离婚，那位妻子就想通过司法途径解决问题，不知怎么找到我当她的代理人。在法庭上，男方"啪"地拍出一把杀猪刀，威胁说谁判他离婚他就杀了谁。当时连法官都吓坏了，我呢，虽然也害怕，但表现得非常镇定，还苦口婆心给男方做思想工作。后来情况出现了戏剧性的转化，那个男人承诺以后绝不打人，于是，女方同意再给他一次机会，两人果然没有离婚；说来也怪，后来我电话回访过一次，这两个人居然恩恩爱爱，连吵架都少。

当然，这只是刚刚出道时小得不能再小的案子。我当律师近二十年来经历的大风大浪，那就一言难尽了。总之，称我为大律师，可以说实至名归。

这位杨威是一家国企单位的老总，他在大学里所学的专业也是法律，但不知何故，他没能通过当年的律师资格考试。考一次不过，他就放弃了，因为他的志向并非成为一名律师，他希望成为企业精英，懂一点法律就行了。因此杨威很了解律师这个行业，也了解我的为人。我们惺惺相惜，彼此欣赏，加上他的公司有许多项目涉及法律业务，我们经常一起喝茶，讨论法律事务。有时候是两个人，有时候是更多的人，他还会邀请他们公司内部的法制秘书，大家一起讨论案例，海阔天空地闲谈，但我和他极少避开外人单独喝酒，更不会喝醉。应该说杨威多次试探过我，然而，因为爱顾凯，我一直心无旁骛，没有给过杨威机会。女人若真爱一个人，大多愿意为他守身。

记忆中，我和杨威曾经单独喝过一次酒，那次是他心情不好，因为北京的一单大业务意外失利，本来马上就要签单，他所在的公司可以赚到一千万元纯利润，却被别的公司把单抢走。煮熟的鸭子飞了，让他有些失落，因而请我陪他喝酒。不过，那次他并没有喝醉。

我知道杨威对我有特别的好感。男人对女人的好感到了什么地步，女人是会有察觉的。

我也知道今天单独和杨威一起喝酒，如果我醉了，极可能会发生一些平常根本不可能发生的事情。

可是我不管。

顾凯能做的事，我喝醉了偶尔为之，又有什么不可以?

我这样蓄意要促使某种我通常并不情愿的事情发生，当然是有原因的。

没有原因，我不会做任何离谱的事。

Two

昨天晚上顾凯喝得大醉，回到家里，连鞋子都不脱，就摇摇摆摆往卧室的方向而去。我长长地叹口气，然后不声不响地扶住他，帮他脱掉鞋子，再把他搀进卧室。幸亏我们读小学四年级的宝贝儿子顾长天平常住在学校里，只有周末才回，不然也会看到他爸爸这副酒醉之态，他这实在是太不像样子了。

不过我没有半句怨言，因为抱怨是没有用的，何况他已经不怎么清醒。

当然，我们是经历了一段漫长的磨合期，才达成今天这种默契程度的。我吵过、闹过，甚至有一次当他把卧室地板呕吐得一塌糊涂的时候，正大着肚子的我又恨又怒地打过他一个结实的耳光。当时他被我打疼了，睁开血红的眼睛看了我一眼，嘟哝了一句:“你神经病啊？”然后马上闭上眼睛睡着了，而且顷刻鼾声如雷。

但我终于理解了他。现在动不动就说某些人群是“酒精（久经）考验”，顾凯如果不能承受这种考验，可能多半无法在这个圈子里混得好。而如果我无法承受这种考验，恐怕我就不能继续当他合格的妻子。

把他安顿在床上，我就去端来一盆热水，拧了把热毛巾给他擦脸，就在这个时候他的手机响了。

顾凯迷迷糊糊中看了一眼屏幕，就把手机摁掉——这让我起了疑心。

摁掉了，马上手机又响，顾凯再摁。

他喝得实在太多了，倒在床上，一下子就真正睡死了。

手机又顽强地响了起来，这次顾凯已经毫无反应了。我拿过手机，一看来电显示，赫然两个字：林虹。

林虹？难道是上次顾凯住院时照顾他的那个护士？那个年轻漂亮，说话声音甜得像蜜一样的护士？那时候她非常勤快，对顾凯照顾得体贴入微，顾凯出院的时候，为了感谢她，我还特意给她打了个一千块钱的红包。难道说，她居然想来抢我的老公？

血液一下子涌上脑门儿，我按了接听键，却不出声，一个女人在手机那端哭泣着说："有本事你今天一整晚都别接我的电话！我会一直打，打到你关机！"

我的脑袋"轰"地响了起来，果然就是那个林虹！我们打过那么多次交道，绝不可能听错。这个女人，平常那么甜蜜的声音，生气的时候，一样可以歇斯底里。

她的措辞和语调是那么的理直气壮，如果他们之间的关系不发展到一定的程度，她是不可能这么放肆的。

我咬着牙无声地关了顾凯的手机，牙都要咬碎了。

顾凯是有前科的。

我怀孕的时候，发现他在外面有别的女人，那时候我忍了。"忍"这个字，现在说起来似乎轻描淡写，然而当初，为了肚子里的宝贝健康平安，我付出了多大的努力才忍下那口气啊！实在忍不住的时候，我会摔碗、打杯子、扔热水瓶，破坏一切容易打碎又让我清醒过来不至于心痛的东西；等气消了，我会借口孕妇情绪容易起伏，一直没把话说破。

顾长天五岁的时候，我发现顾凯在外面又有新的女人，我还是忍了。忍了第一次，第二次就容易得多。何况，如果不知道内情，表面上看起来，顾凯在我面前的表现，是无可挑剔的。

你问我是怎么知道的？如果我告诉你一棵树开花了，难道你还要问我："你怎么知道那棵树开花了？"

Three

一个和我朝夕相处的男人，他的身心有什么变化，敏感如我，怎么会不知道？

若有若无的香水味、衬衫上的一根长发、顾凯内疚的表情、他偶尔接电话时警觉又略为尴尬的微表情，或者来了电话他却迅速挂断等，各种微妙的信号，太多了。

何况，作为一名资深律师，敏锐的洞察力、缜密的逻辑推理、准确的判断力，再加上广阔的人脉，想要查清楚一件事情，很多时候简直是举手之劳。

我的直觉之敏锐，确实可以用"惊人"来形容。

比如说有一天晚上，顾凯不在家，他吃饭前给我打过电话，说他要接待领导，会很晚再回来。一整晚我莫名其妙地觉得特别烦躁，我随手给他发了条短信说："我觉得近来我们交流得特别少，简直有些隔膜了，你没感觉吗？"

他没理我。

我再发一条："多么希望不管我们有多忙，每天都要交流一下啊！我总想知道你心里是不是还有我，是不是还有这个家。"

还是没回我短信，我忍不住直接拨电话过去，他跟我随便聊了几句，我听到他那边有男人说话的声音。

过了一个小时，我又给他发短信："如果能够，你早点回来，我有好多话想跟你说。"

他还是不回我短信。

这个人，什么意思？我平常其实很少纠缠他。因为我自己也很忙，日子过得很充实，没这个精力也没这份闲心，那天晚上实在是心里非常不安，才会如此。

我再发短信："我很困惑为什么你故意不理我。"

他终于回了短信："我在理发。"

其实，我觉得他在理发也是可能的。但是，不知道为什么，这一次，我总感觉不对。于是，思索一番，我想出来一个主意。我让一个不认识顾凯的女朋友打顾凯的电话，并事先交代清楚，请她打电话的目的是判断接电话的人是不是在理发，我让她自己想办法做到这一点，可以打通了不说话，也可以故意说是打错了，总之，要用心做出判断。当然，我不会告诉她接电话的男人就是我老公，只说是我的一个当事人，因为案情的缘故，需要知道他在做什么。

很快，那个朋友告诉我，她说接电话的人不可能在理发，因为环境非常安静，估计那个人是在宾馆房间或者茶楼的包厢。

我谢过那位朋友，长长叹息。

那天晚上顾凯很晚才回家，头发果然是理过的。可是理发这件事，快的话，不会超过半小时，犯得着这么晚回吗？

顾凯出轨的事，就是这样被我用一些常规或者非常规的方法慢慢证实的。当然，我还动用了其他更有力的手段，最直接的是有一次，我找相关部门的朋友调取他为期一个月的手机短信，他那些见不得光的秘密一目了然。请原谅，一个女人疯狂起来，什么事都做得出来。

但这些事情是我们家庭的秘密，只有我和杜子归知道。杜子归是我的侄女，刚刚从北京大学法学院毕业，惊人的漂亮，我们平常都喜欢叫她小名，杜鹃。

最初得知真相的时候，我心痛得要命，那时候我必须要找个人倾诉，否则会把自己憋坏，而杜鹃就是最好的倾诉对象。这小女孩儿非常钦佩我，一直把我当作她的人生榜样，我让她保密，她一定就会保密。小丫头盲目地爱着她的老师，一个名叫韩斌的高中数学老师，八年了一直高烧不退，我就警告她，很难有什么绝对好的男人，一定不要过于依赖一个男人。一个未婚女子，把所有的鸡蛋放在一个篮子里，可能会死得很惨。

杜鹃知道这个秘密后，虽然做到了保密，可那段时间，她对顾凯、对韩斌、对所有的男人都没有好脸色。这个丫头还太嫩，心里藏不住事。

即使证实了顾凯的秘密，我仍然选择忍耐。因为我知道有些事是不能说破的，说破了就会像吹爆的气球一样，再也无法修复；因为我爱顾凯，因为我相信他身边那些女人都是过眼烟云。

她们一定会是过眼烟云，因为顾凯真正爱的是他的家，他最爱的女人是我——这一点自信我还有。

男人如果不爱一个女人，这个男人就不是这个女人的男人；即使男人爱一个女人，这个男人仍然不是这个女人的男人，因为男人始终是他自己。

但女人就不一样，如果一个女人太爱一个男人，这个女人就变得不是自己了，很多女人会心甘情愿变成这个男人的一部分。

简单地说，女人爱男人，容易飞蛾扑火；男人爱女人，不过是星星点灯。飞蛾扑火，总是孤注一掷，连命都不要了；而星星点灯的话，灯那么多，这盏灭了，还有好多盏呢，东方不亮西方亮。

对于我和顾凯的感情，我做过许多思考。一个隐藏的真相是，在他的内心深处，顾凯有权利爱我，也有权利爱别人；至少他在内心、私下里爱上别人，是任何其他人都无法干涉的，只能靠他自己自律、自觉。很大程度上，这确实是他自己的事。至于我是否能够接受他既爱我又爱别人，则是我自己的事。如果能接受，婚姻就继续；如果无法忍受，那就一拍两散。我不勉强你接受我的观点，但至少我自己是这样理解的。

何况像顾凯这么优秀的男人，智商极高，人长得器宇轩昂，很会说话，手里还有不小的权力，真爱他、假爱他的女人就会更多。

是女人都容易爱上他，但是他精力有限，不可能爱每一个爱他的女人；也不太可能跟我离婚，至少目前没这个迹象；身为一个小地方的政界人物，他更不可能会去重婚。

即使我已经把这些事情看得非常透，还是忍不住要伤心。

顾凯，他明明很爱我，为什么总愿意跟不同的女人纠缠？花心真是男人的本性吗？或者，仅仅是因为新鲜感和好奇心吗？他工作压力太大需要女人们为他减压吗？那些女人太锲而不舍吗？我不知道。

这次发现他和林虹的秘密，我伤心极了。我决定要体验一下顾凯的生活，也去感受一下不同的男人。其实如果我愿意放纵自己，我的机会多如牛毛，太多男人对我献殷勤。

我并不喜欢放纵，因为对于一个女人来说，只要她不是某类特殊行业的从业人员，放纵自己是一件充满风险的事情：首先是道德风险，一个放纵的女人绝对不会有什么好名声；其次是健康风险，像性病、各类传染病，这种风险太大了；最后是自我认同的风险，只要是一个有思想的女人，在现有的思维惯性下，放纵的结果是对自己充满疑虑和纠结。大部分女人都愿意找到一个好男人，平安喜乐地和他共度一生。爱的人如果不止一个，那么人的心绪容易分裂，简直是自己找累。

但，这一次，我下定决心要体验一次顾凯的生活。

就一次。

做出这个决定多少有些报复的心理，虽然我知道这样做也许很愚蠢。

可是，也许这样，我才能够更理解顾凯；也许这样，我才会没那么伤心，当然，也可能会更加伤心，但我愿意冒冒险。

天知道，偶尔的放纵真能让我找回心理平衡吗？可我顾不了那么多。

虽然我表面上很平静，可我的内心，却狼烟四起，快把自己逼疯了。

你可以鄙视我，但你只能在这本书里了解我放纵的经历，在现实生活中，你永远没可能认识我。何况，我要用这个办法把内心狂躁的情绪平复下来。

Four

一个自我放纵的夜晚此刻正无声地拉开序幕。

和杨威一起走进酒吧的时候，他什么也没问。

这是个绝顶聪明的男人，刚好四十岁。“绝顶”两个字让我内心发笑，不过他长得很帅，满头乌发，并没有真的绝顶，连绝顶的迹象都没有。

我不说话，一个劲儿地喝酒，他也只是一杯一杯地陪着我喝，同时不忘温柔地提醒我说：“红雨，你最好不要喝醉，醉了会很难受。”

我叹口气，望着他笑：“你不要管我醉不醉，你只是负责不要让我露宿街头就行。”

我微笑着对他抛了个浅浅的媚眼，如果我的作家朋友也有机会领略这样的眼神，他不会再用那么多带“冷”字的词来形容我吧？只可惜，杜红雨绝不滥施温柔。

他也笑道：“女人，还是温柔起来更漂亮，你今天比平常漂亮一百倍。”

“你的意思是说我平常很丑？”

“呵呵，美女律师杜红雨的嘴从来不饶人。”

正在这时，我的手机响了，屏幕上显示的名字是龚鹏程，一位在省城任职的副厅级领导，他先是抱歉他一直在应酬，都快十点了才有时间联系我。原来是他 17 岁的儿子犯了事，他说是和别人一起偷车，被抓了，关在林邑的看守所里好几个月了，他已经来过好几次，这次他住在皇冠假日酒店 2011 房，请我去取他手里的材料，商量一下案情，他打算找我替他儿子辩护。

我印象最深刻的情节是，他说这里面很可能是有隐情的，因为他的儿子基本上不太可能去偷车。

我犹豫了一下，看看手表，差五分钟十点。这个时候去宾馆会他，倒也不算太迟。这个人，是林邑老乡，在旁人眼里算得上人生得意，在省里某个颇有实权的厅局级单位当副厅长。他以前回老家的时候，我有机会跟他一起吃过几次饭，交换过电话，不算太熟。

唉，管他什么领导，这个时候，喝酒才是正事，我于是推说正在谈事，要晚一点再跟他联系。

个把小时过去了，我和杨威边喝边聊一些不着边际的小事。渐渐地，在酒精作用下，我还是把顾凯出轨的事倒了出来。我满以为杨威会对我表示同情，结果他不痛不痒地劝我：“男人在外面有什么花花肠子，不要太当真，他会回家就行。”

可我不喜欢这样的观点，我反驳道：“爱一个人，难道不应该对爱人忠诚吗？”

杨威说：“忠诚这回事，看你怎么理解。对于一些男人来说，忠诚是不存在的东西，就像女人身上才会有子宫，你要到一些男人身上去找子宫就很荒谬。可以这么说，相当一部分男人脑子里很可能基本上没有忠诚这样的概念。有时候，此情此景，难免入戏太深。”

我问他：“那你呢？你是不是一个忠诚的男人？”

他意味深长地笑着说：“如果你问我对我自己是否忠诚，答案是肯定的，我对自己百分之百忠诚；但如果你问我是否对我老婆忠诚，应该说，我绝大部分时候是忠诚的，但是，如果诱惑太大，我也会无法对她永远忠诚。”

他说完这句话，凝视了我好一阵子，又加上了一句：“比如，面对你，美女律师杜红雨，我很可能无法做到对我老婆忠诚；但我对自己百分之百忠诚，我会听从我内心的声音。”

我一直摇头，不应该是这样子，不应该是这样子。

然后，我终于有点分不清自己是谁了，脑袋一下子清醒，一下子又像塞着一团棉絮。趁着还没完全醉，我赶紧给杜鹃打电话，交代她去皇冠假日酒店取材料的事。我觉得今天已经太晚，明天去取也没关系，可惜，话没说完，手机就没电了。我懒得再管，没电正好，顾凯也就找不到我了。反正我的宝贝儿子顾长天在寄宿学校有人照顾，其他人我就谁都不想管了。

我也不想去管接下来会发生什么，让所有该发生和不该发生的事情，通通都发生吧！

我从来没有像这一刻那样唯恐天下不乱，我的大脑已经是一片空白。

Five

如我所料，杨威果然把我带到了宾馆——当然，这么晚了，他又不知道我的家在哪儿，也只能把我带到宾馆。

我已经有些不清醒，但也并非不省人事。

我记得他把我扶进房间，帮我洗漱，擦背，温柔地亲吻我。我也回应他，吻他，而且，我喃喃地低声叫："宝贝。"

和顾凯在一起的时候，我们相互叫对方"宝宝"、"宝贝"。这个称呼其实相当肉麻，是顾凯先这么叫我的，我很喜欢，也这么喊他。

酒醉心明，现在我才突然疑心，一对生于六七十年代的中年男女，如此肉麻地称呼对方是非常少见的。我想，应该是顾凯的情人中，有年轻的女孩儿，她们流行这样称呼自己的爱人，顾凯喜欢，于是也用到我身上，我又照单全收，才会如此。四十岁左右的人，有几对夫妻会互称宝贝？对此，我不知道是该感到欢喜还是悲哀，我真的有些分不清。

可是这一次，我用"宝贝"这个称呼，既不是在叫眼前的杨威，也不是在叫顾凯，我是呼唤我心中深深爱着的一个理想化的男人。

一个又优秀又有责任心，而且不花心的男人，才配成为女人的宝贝。

他应该智慧、成熟、温柔、忠诚，更重要的是，我很爱他，他也真心地爱我，把我当成手心里的宝。这样和我深深相爱的，又非常优秀的完美男人，在这个世界上是不存在的。他只是一个影子，一个化身。

当然，如果顾凯能够专一一些，他基本上就接近完美了，他就可以跟那个化身合而为一了。

酒精让我神志不清，我觉得自己仰面朝着一个不可见底的深渊不停地坠落，我的脑部极其沉重，似乎有一股力量紧紧揪住我的头颅，把我用力往下拖，把我的脑袋拖得隐隐作痛。

对于性的态度，不知道别的女人如何，对我而言，性应该是爱的结果，是爱的表达方式，也是爱的副产品，它从属于爱。如果爱一个人，跟他有性，那才会是顺理成章的美妙。否则，没有爱，性是可疑的，甚至是扭曲的，让人排斥的。

如果顾凯不是那样频频伤害我，我绝对不会有任何出轨行为。我愿意忠于爱情，忠于我的爱人。就像我身上有子宫一样，我心中有忠诚。可是，偏偏顾凯对我的忠诚视为无物。好吧，我也来一次出轨。这么简单的事情，谁不会？

在酒精的作用下，我基本上快要陷入昏迷了，我一点都记不起整个过程，也许我是有意忘记的，也许，我确实基本上丧失了知觉。

事实上，我知道我是一个多么性感的女人；和顾凯在一起，我才会有激情被点燃、被引爆的时刻，因为我爱他。我相信这次跟杨威在一起，我一定表现得非常被动，像具死尸。

这对杨威，是不是有些不公平？我只是欣赏他、喜欢他，并没有爱上他，或者说还没来得及爱上他。没有爱，却跟他上床，这实在是不公平的。我鄙视自己，但我不后悔。

杨威，对不起，我不是故意的。

这辈子，我们不可能有第二次。

我宁愿我表里如一，只是一个一本正经的、极其严肃、不解风情的冷酷女人。我不要内心那个色彩斑斓的世界，因为我没有遇到可以与之匹配的人。

唉，我要对杜鹃多敲警钟。

大家都说杜鹃长得跟我很像，我要让杜鹃过上非常幸福的生活，要让她懂得这世界上虽然确实有爱情这回事，可是，爱情是一件需要运气的事，很少有人真的拥有爱情，就像只有那么极其有限的人，才可以只花两块钱，就中成百万上千万的大奖。

爱情是一件极其奢侈的事，而把爱情维护得长久一些更是一件难度很大的事。

不是每个人都会拥有爱情；或者，即使曾经拥有，也可能失去。

一个聪明人，不管他是男人还是女人，如果有幸遇到爱情，就要好好珍惜；如果遇不到，就用心去经营自己的家庭、事业。因为爱情太脆弱、太感性，如一只蝴蝶，不知道什么时候，它就振翅飞走了；甚至，死了。如果傻傻地把追寻爱情当作自己唯一的人生使命，那多半会是一场悲剧。

当然，如果有人喜欢当悲剧演员，那是另外一回事。

我怀疑那个爱上顾凯的女护士林虹，就是一个悲剧演员。

他们之间的剧情，究竟是什么样的版本？

Chapter 3

杜子归：美女律师的选择

One

非常不对劲！

一定有什么问题！

那一瞬间，我有这样的直觉。我，九零后女律师杜子归，小名杜鹃，今年二十三岁，一年前自北京大学法学院毕业，已经骄傲地通过了含金量极高的全国司法统一考试，刚刚毅然决然地拒绝了老爸想方设法找到他的老战友给我提供的一个好机会——可以进省高院当法官。我只需要象征性地再参加一次考试，走走过场。当然，就算是要认真考，我也不会让任何人失望。

省高院，女法官，看看这两个关键词，那是多么令人神往的美差！

可是，我居然拒绝了这种让人垂涎三尺的美事，不过，这次拒绝对我而言是一个痛苦的抉择过程。还是先来说说让我觉得有问题的事件吧！

前天一大早，我的男朋友——也可以称作未婚夫——韩斌出门前搂着我的腰，把我抱得紧紧的，假装用警告的语气说："你要乖乖的啊！半个月我就回来了，你别被人家抢走了啊！"

我用小粉拳敲了敲他的肩膀，笑着说："你放心，在被别人抢走之前，我会先向你打个报告！"

我的眼神像蜜糖一般黏住他，然后伸出红唇给了他一个绵长的亲吻。

现在回味起来，确实不对劲。

不对劲之处是韩斌的眼神，似乎有些躲闪，从认识他到现在，八年了，他从来没有带给我这种感觉。

韩斌是去长沙参加一个省级骨干教师培训班。

真不知道这次他怎么会那么积极。韩老师平常很少出差，学校给他安排任务，他都尽量推掉，然后来我面前讨好卖乖，说是不想离开我半步。可是，这次一去就得要十五天，还是他自己主动请缨的。

这个人的表现，实在有些反常，这里面会有什么问题呢？

我不觉得他会因为其他女人的诱惑而离开我，至少现阶段不会。我如此自信不仅仅是对我自己有信心，还因为我们之间的爱情，实在包括了太多非同寻常的故事，我和韩斌都不可能轻易舍弃，以后我会慢慢道来。

十五天见不到他？不行，那太痛苦了。我不能这么久没有他，到时候我得想想办法去长沙看他，同时顺便来一次突然袭击，说不定就能查清楚问题真相。

他该不会真是为了去见什么女孩儿吧？那麻烦就大了。

我是说那个女孩儿会麻烦很大。

我，杜子归，可不是一个好惹的角色。

我在镜子前凝神打量自己。

谢天谢地，迄今为止我从来不需要化妆，就可以让每一个看到我的人眼睛发亮。

“一个女人，不管你有多漂亮，永远都不要把自己的漂亮当作特权和资本；一个女人，可以相信爱情，也应该相信爱情，但是永远不要没有爱情就活不下去。”

这话是我姑姑曾经说过的。此刻她并不在我身边，可是天哪，我觉得她好像就站在我后面，目光犀利，似笑非笑，对着镜子里的我抑扬顿挫地说着这番话。

我的姑姑实在是多虑了，因为我对自己的容貌并没有什么特殊的感觉。恰恰相反，我觉得自己常常受到歧视。仅仅因为外貌有优势，一些人动不动就首先把我默认为花瓶，仿佛天下的美女都是白痴，只长相貌不长大脑，直到我有机会用事实说话。

事实上，任何一个平凡的女孩儿都是被埋没的天使，埋没自己的不是别人，恰恰可能是她自己。我们生活在如此美好的一个时代，除了天生的相貌，一个人的语言能力、胸怀、抱负、气质、才华等无形的东西都可以是强大的武器和力量，都可以让自己从众人中脱颖而出。如果爹妈并没有给你遗传一副好皮囊，你还一天到晚只会逛街、看韩剧、吃零食、谈恋爱，一看书就打瞌睡，一努力就喊头痛，你又如何能够脱颖而出?

再来说为什么我不肯当法官，原因很简单，是我坚定地想要做一个像姑姑那样功成名就的大律师。

老爸对于我的决定虽然有些生气，但他倒也没有过于勉强我。多年的事实证明，当我下定决心做一件事，哪怕是错的，只要不至于丢掉小命，我的爸爸总会尊重我自己的决定。青春是用来试错的，这是我常常用以说服老爸的言辞。如果从来不出错，怎么知道什么是对?何况，老爸知道我并非率性而为，知道我是用心思索了整整三天才做出取舍的。

事实上，在这三天里，我几经犹豫。包括老爸在内的很多人劝过我，建议我先到法院去当法官，等建立起良好的人脉关系，再出来当律师也不迟。

人脉，现在整个地球上的人都在强调人脉的重要。

可我不想刻意去追求人脉。

我姑姑就是从复旦大学毕业之后，直接当律师，然后另起炉灶，拥有自己的律师事务所。她能做到的事情，我也要做到，就像我当年发誓要考一个比姑姑的学校更牛的大学一样，我确实做到了。

我对自己的人生目标认定得很清楚，我要成为一个名利双收、又自由又成功的大律师，干吗要曲线救国？我就是要按照自己的意志或者说是在姑姑影响之下产生的意志去生活；我就是愿意一天到晚跟在我姑姑身边，说好听一点，向她学习，说难听一点，当她的跟屁虫，反正我不在乎。

马上就八点了，我得尽快出门，去做姑姑昨天晚上没交代完整的一件事，这事说起来有些蹊跷。

噢，对了，毫不夸张地说，虽然我很年轻，却可以接触到好多有意思的人和事。慢慢听我道来，一定不会让你失望的，我可以承诺这一点。

我姑姑交代的这件事，我相信它本来应该非常简单，可向来逻辑严密的姑姑却交代得有些不清不楚，而且话没说完电话就断了。

这里面绝对有问题。

真奇怪，怎么最近，我身边的人个个都有问题？

Two

昨天晚上十一点了，我都上床睡了，姑姑打我手机，口齿不清地给了我一家名为“皇冠假日”的超五星级酒店名称和房间号，让我去找一个人，她说那个人是一位厅级领导，姑姑委托我从那个人手里取书面材料，然后带到她的天宇大成律师事务所，姑姑话没说完手机就断了。我判断她很可能喝醉酒了，因为我觉得连她的声音都透着酒劲，此外，她絮叨了数分钟，却还有许多关键信息都没交代明白，比如说究竟要我什么时候去取文件，那个人是男是女，她都没说清楚。

我马上又拨过去，她的手机却关机了，或者，也可能是没电了。

这个姑姑，这次怎么回事呢？她平常是很少喝酒的，害得我坐在床上踌躇了半天，不知道该怎么办。那一刻，我特别想念韩斌。一遇到什么事，我第一个想到的人必定是他。如果他在，说不定可以帮我出出主意，哪怕是个馊主意，也比我一个人想破脑袋强。

回忆电话里的环境音，感觉很安静，但有隐约的背景音乐，我觉得姑姑应该并不是在家里给我打电话。如果把电话追到她家里去，这么晚了，我怕吵到那位让我又喜欢又有些不屑的姑父，顾凯。

于是我通过 114 查询，打电话到皇冠假日酒店，却被告之住店的客人有交代，晚上十一点之后不接听任何电话。干脆直接打车去那家宾馆？可是在这个时间段，一个女孩儿跑到宾馆去敲门多让人难堪啊！姑姑说那个人是个厅级领导，那，十有八九是个男人，这么晚去敲一个男人的门，只为了取份材料，有这个必要吗？

姑姑这次交代的事情，应该不是什么十万火急的大事吧？于是，我决定先睡一觉，天亮了再过去看看。

“一个女人，她的世界里要有一个王。

“所谓王，必须是个有力量的人，通常是男人，拥有自己引以为傲的事业，拥有乐观积极的态度；他必须成熟，能够化解两人之间的矛盾冲突；他必须智慧，能够对这个世界看得非常透彻；他必须坚定，始终如一地经营好他周边的各种关系，尤其是两人之间的爱情；他必须宠爱自己的女人，真心地把她当作他手心里的宝；当然，这个女人也要让自己值得他这样做。

“如果退而求其次，这个女人找不到这样一个男人，那她自己必须是自己世界里的王。

“她也许曾经一次次跌倒，但她总会坚定地爬起来。她的性格一天一天趋向完整，她相信爱情，却并不痴迷，即使她在现实的生活里找不到爱情，她的心中一定要为美好的爱情留下一块空间，始终满怀希望地相信，总有一天她会遇到自己宿命中的爱人。她必须有一份比较成功的事业，至少，要有一份她喜爱的、做得得心应手的职业，可以让自己活得舒心。她要能够控制自己的情绪，生活中是一个健康、快乐的人。

“如果她既无法遇到一个王，又不能成为自己的王，她的世界始终苍白、脆弱、不堪一击，唉，这样的女人，有什么好说的呢？她到底有没有活过，恐怕连她自己都不清楚。”

如果你没仔细看刚才那段话，我建议你回头把这段话再仔细看看清楚，因为这段长篇大论是我姑姑几年前在我刚考上大学的时候对我说的，实在是太经典了。

我记得很清楚，那天刚刚发榜，我知道自己被北大录取了。姑姑第一时间到我家里来，请我们全家出去吃饭。她一进门，就拉着我的手大声祝贺我，我们聊了一阵，她就对我说出这么一段充满哲学意味的话语。从此，这段话一直像刻在石头上一样刻在我心里，以至于我倒背如流，常常会把它说给我的朋友们听。

每次我向那些并不认识我姑姑的女孩儿们转述这些观点的时候，几乎一无例外地，听的人立刻会好奇地问：“你姑姑是干什么的？”

Three

我在镜子前边梳理头发边思索着姑姑这番长篇大论，跟我自己的内心世界相对应。

韩斌，当之无愧是我世界里的王。我那么一根筋，那么疯狂地爱他，估计这辈子，我心里可能只装得下他一个人，我的身体、心灵，都只为他开放。他呢，私下里对我的称呼是“宝贝”、“乖乖”、“心肝”、“小鹃子”、“妖女”、“小魔女”……光想想这些称呼，我的心都要快乐得发颤。没有任何人能够相信，他这个表面上看起来一本正经，甚至有些严肃的家伙，会用这么多肉麻的方式来称呼我。

当然，如果我做了什么错事，他也会皱着眉头，不耐烦地训我：“杜子归，你以为你还是三岁的小娃娃？你怎么老是长不大？”

什么口气！简直是不可一世。

我也搞不清楚他凭什么在我面前那么牛x。

反正，他一发火，我就会立刻乖乖收敛，腻到他怀里去耍赖。

毕竟，人家比我多吃七八年饭，有资格在我面前倚老卖老。更何况，他曾经是我高中时期的数学老师，说得严重一些，某种程度上，是他塑造了我，所以我愿意无条件尊重他。

我猜你一定对韩斌产生了好奇心，别急，我一定会尽快讲述关于我和他之间那段非同寻常的师生恋的故事。

另外，我和他之间还有好多隐私，比如说，我们在一起，无论在哪里，当然在床上也不例外，总是无比快乐。

啊，这些隐私，我是不会跟任何人分享的。据说一个人如果太幸福了，连老天爷都会嫉妒，我不会傻到一天到晚晒我隐秘的幸福。呵，真是非常幸运，我确实是一个幸福得一塌糊涂的女人。

你以为谁都有运气拥有一个这么称心如意的男朋友吗？谁都有福气拥有一个这么优秀的姑姑吗？我最好的闺中密友蓝蓝，就对我羡慕得不行。她实在也是个美女加才女，在一家文化传播公司当策划总监，收入也非常可观，偏偏就老找不到合意的男朋友。蓝蓝比我还大了两岁，都二十五岁了，所以心里有些着急。可正如我姑姑经常说的，有些事，急是急不来的。

姑姑，我亲爱的姑姑，你世界里的王是谁？

Four

我姑姑心中的王，很可能并不是我的姑父顾凯，因为当了个芝麻官的顾凯，虽然也还称得上优秀，他们的夫妻感情在外人看起来似乎非常美满，可是，唉，顾凯却有暗地风流之嫌，姑姑几次跟我诉苦，说起她察觉到他出轨的事情。只不过姑姑不愿撕破脸去跟他闹，而且为了他们九岁的儿子顾长天，不到万不得已，她也并不想离婚，干脆睁一只眼闭一只眼算了。我真佩服她的度量和勇气，要是我的男朋友韩斌出轨——我马上想起他这次莫名其妙的长沙之行——我还能够接受他吗？我还会跟他结婚吗？以我的性格，眼里揉不得沙子，应该是不可能接受的，应该是这样。

我姑姑心中的王应该也不是她的初恋情人秦啸声，虽然二十多年来，他一直爱着我姑姑，可是，秦啸声，这个男人只是做做小生意，小打小闹，实在平庸了些，我觉得他配不上我姑姑，更别说当她的王。不是我多么势利，认同把人分成三六九等，而是，我相信人与人之间，无论智力还是身体，真的是有能量等级、是否匹配一说的。这也是姑姑灌输给我的观点之一。

应该，姑姑常来常往的那两三位蓝颜知己里面，也没有人可以成为她的王吧？不过这一点我不是很确定，跟姑姑打交道的精英人士太多了。既有厅级领导，也有亿万富豪。没准儿，他们当中，会有人令姑姑折服。也许他们之间有很亲密的关系，只是我并不知情呢？

再或者，我姑姑的王，应该是她自己？她实在是太优秀的一个女人。

这些话我不敢对姑姑明白地说出来，我怕她嘲笑我自作聪明，也怕因为我窥破她内心的秘密会让她尴尬。

虽然姑姑非常信任我，但这并不代表她在我面前完全没有秘密。

我总是动不动就容易想到我姑姑，这一点已经没救了，姑姑似乎统治了我的精神世界，她的思想、她的声音，简直无处不在。

我的精神世界里居然有三个统治者，或者说，三个王，除了我自己，还有我姑姑和韩斌，他们时时刻刻陪伴着我。

我对着镜子朝脸上拍爽肤水，再抹一点润肤露、防晒霜，就可以出门了。妆可以不化，但皮肤的护理是要的。

八点，这对住超五星级酒店的人来说，也许是一个太早的时间，说不定人家还没起床；当然，也有可能那个人已经出去办事了，都有可能。

我思索着，决定先给宾馆总台留个话。我让前台转告，有一位杜子归小姐来找，请他在房间里等候；如果他要出门，就给杜子归小姐打个电话，我留下了手机号。

我等了差不多十分钟还没有空的出租车，正好有一趟公交车可以直达那家酒店，于是跳上了一辆刚好到站的公交。

一上车，我就感觉到几乎所有人的眼光都齐刷刷地朝我射过来。有的是肆无忌惮地看，有的是偷偷地瞄，有的是假装不经意地扫视。我相信这些人的眼神大部分都是善意的，不过是惊艳而已。

有一次我特意跟韩斌讨论过，为什么在公交车上看我的人特别多的问题，韩斌坏笑着说："那是因为像你这么漂亮的年轻女人，都被成功人士包养了，至少是被大款、大爷们锁定了，都过着锦衣玉食、专车接送的生活，或者自己开名车，最低限度也是坐出租车出入，谁还会去挤公交车？哪像你这个傻妞，天生丽质，却爱上一个穷教书匠。"

那次韩斌说完这番话，就把我搂在怀里，抱得紧紧的，然后深深地亲吻我，好像怕我飞掉，又好像对我有些内疚，我则傻兮兮地望着他笑。

在他面前，我愿意是傻瓜，事实上我就是一个货真价实的傻瓜。

此刻，我面带微笑，旁若无人地欣赏车上的移动电视。

电视上正在播放一个美食节目，过了一阵子，一档名为"法律直通车"的节目开始了，一个仍然算年轻的美女律师正在接受记者采访，电视上打出来的称呼是"知名律师杜红雨"，她正在解答关于离婚财产分配方面的法律问题。我目不转睛地盯着杜红雨看，她本人其实比电视上漂亮得多。

杜红雨就是我姑姑。

我发誓，我要像我姑姑一样，用自己的智慧和力量，过上内心真正想要的生活，一种精神和物质双重富有的美好生活。

皇冠假日酒店到了。

我瞥了一眼在屏幕上侃侃而谈的姑姑，轻快地跳下车，去见那个让我觉得颇为神秘的人。

Chapter 4

韩斌：男人的爱情和隐私

One

要是杜鹃知道真相，知道我来长沙其实是为了会会我的初恋女友杨莹莹——她特意从德国回来找我，那么，我，韩斌，就死定了。

如果杜鹃事先知道事情的原委，最低限度，她根本不可能让我离开她半步。

我自己都不知道，这次去见杨莹莹会是一个什么样的局面。

和多年不见且旧情未了的初恋情人会面，而且可能有许多次见面机会，我是真不知道会发生什么事情。

虽然我下决心要尽力把控好自己，不能辜负杜鹃，可是，天知道，许多事，不是我自己说要把控就能把控得了的。

杜鹃，这个深深爱我的天不怕地不怕的小女人，为了我，什么事都做得出来，估计杀人放火也不例外，尽管她自己是律师，懂法律。可她是个做事走极端的家伙，有时候任性得要命，幸亏我可以算是她的克星，镇得住她，这也许就是所谓的“一物降一物”。而杨莹莹，去德国之前对我亦是一往情深。

顾不上那么多了，只能走一步看一步了。

这世界上需要暗箱操作的事情很多，就拿这次省级骨干教师培训班的培训机会来说，资源有限，全校就一个名额，我是走了后门，说得更直接一些，是找到主管业务的副校长，咬紧牙关打了一个四位数的红包，才争取到的。

尽管我的教学成果有目共睹，甚至获得过国家级教学成果奖项，摆在桌面上，这些条件确实够资格参加培训了，但是够资格的并非只有我一个，如果不来个幕后操作，领导不见得一定会派我来，多得是的人对这样的机会虎视眈眈。据我所知，一位副校长的小叔子就很想参加这次培训。

而我之所以孤注一掷必须要把这个名额抢到手，并不是想要得到提拔栽培之类的机会，而是为了彻底了却我跟杨莹莹的旧情。

杨莹莹说她这次从德国回来，只会在长沙停留两个月，她说她主要为我而来，必须见我。我知道她的性格，她说了必须见我，就会想尽一切办法，甚至不择手段来见我。

我了解到恰好在这两个月期间有这么个培训班，如果不争取这次机会，估计我就没什么独自来长沙的可能性了。杜鹃没事的时候一天到晚黏住我，我也一直喜欢跟她待在一起，不可能另有单独来长沙的借口和时间，如果只是来短暂逗留一两天的话，杜鹃必定会黏着我一起来，那么我就很难单独去见杨莹莹。如果不是单独见杨莹莹，而是听任她突然出现在我身边，被杜鹃发现，我会死得很难看。

当然，其实也可以带着杜鹃一起见杨莹莹，可是，总觉得这样对杨莹莹，太狠心了些。通常情况下，我这人心比较软。

八年前，刚刚从师范大学毕业，也刚刚失恋的我，成了林邑市一中的数学老师。

热恋了四年的女友杨莹莹远走高飞去了德国，临行前我们有一场对话。这种类似的谈话其实已经进行过无数次，但那一次算是最后总结。

“韩斌，你知道我是真心爱你的。如果你愿意，可以等我，可能要等一两年甚至三五年。当然，如果你不愿意等，一定要跟我分手，我也没办法。你自己决定，好吗？求求你，慎重考虑我们的感情，做一个负责任的决定。”

“我没办法做决定。”

其实我心里一直是有潜台词的：“如果你一定要走，我们只能分手，我不可能冒险等你，因为我不知道要等多久。”

这才是我真正想说的话，但我不是那么没良心的男人，这句话可以放在心里想，不到万不得已却不能说出口来。然而事实上，这句话有许多次差点从我嘴里蹦出来，我已经勉强自己把它吞回去过无数次了。

“那你等我，等我回来嫁给你，或者，到时候把你带到德国去。”

我犹豫好一阵，终于说：“我不能答应你，答应了也不一定有效。一两年三五年，鬼知道我们身上会发生什么事情，我们都不是小孩子了。而且，我对去德国没什么兴趣，去度度假可以，但是去那边学习生活，我好像没这样的愿望。”

“我不管，反正我必须要去德国，并且，我也不想失去你。”

“你可能做不到。这世界上的事情，不是你想要什么就可以得到什么。莹莹，告诉你实话吧，我也很爱你。可是，如果你一定要去德国，你离开的那一天，可能就是我失恋的第一天。”被她逼急了，这话不说不行了。

“你威胁我。”

“不是，我只是在面对现实，是你选择离开。当然，我并不认为你的选择是错误的。如果我是你，很可能，我也会这么选。”

杨莹莹流泪了，她咬着嘴唇说：“韩斌，你会后悔的！”然后，她转身跑了，头都没回，我猜她以为我会像以前那样追上去。

女人生气了，男人很大程度上有义务去安抚她。

可是这一次我没有，我只是站在原地，看着她的背影慢慢消失，叹息一声，然后自己转身离开。

我知道如果我高尚一些，浪漫一些，善良一些，或者虚伪一些，就应该说几句感天动地的话语，赌咒发誓地答应她，我会等她。可是，抱歉，我这个人不怎么高尚，一点都不浪漫，说不上有多么善良，也不怎么喜欢虚伪，我很冷静、很理性，我不知道我能不能真的等她，或者干脆坦白地说，我知道我可能根本无法等她。

应该说，和杨莹莹谈恋爱，我一直是比较被动的。这年头女孩儿也比较自我，喜欢谁往往会或含蓄或直接地表露出来，很少傻傻地把心事藏在心底，除非她比较自卑。男人长得比较好看一点，又品学兼优的话，基本上不需要做填空题，费力地去追女孩儿，而只需要做选择题。

杨莹莹长相属于中等偏上，家境比较好，大一那一年，同学们刚刚熟悉，她常常动不动就请大家的客，而且，十次当中，我就有十次在被请的同学之列。似乎只要有我在场，杨莹莹就总能找到请大家吃饭的理由。后来所有的同学都看出端倪，一天到晚故意把我和她撮合在一起，于是，某一天，寝室里一个倒霉的男生塞给我两张电影票，他抽中了签，被除我之外的全体室友逼着去买票；票买回来了，他们再一起逼着我去请杨莹莹看电影。当然，前提是，我不讨厌杨莹莹，甚至还比较喜欢她，我们就这样糊里糊涂地成了一对。那个片子的名字我都忘记了，反正是男人和女人爱得死去活来。当那个女主角跟男主角分离，要投进火焰的时候，杨莹莹悄悄把头靠在我肩上，我转头，看到她的眼里充满泪水。那一瞬间，她让我心动，心底涌起无限柔情。

杨莹莹对我一直很好，帮我洗臭袜子啦，给我送早餐啦，无怨无悔地做着这一切，没有一点娇贵之气。寝室里的哥们很眼红，因为一般来说，家境好的女孩儿往往被宠坏了，老要被人哄着、供着，当公主一样侍候。不过说良心话，如果杨莹莹要在我面前摆公主架子的话，估计我无法奉陪。我也投桃报李，经常带她爬山、看电影，陪她逛街。

直到有一天，再过几个月我们就要大学毕业了，这种甜蜜温馨的氛围被打破了，杨莹莹突然说她舅舅要接她去德国，而且不能一步到位让我一起去。于是我们就常常围绕几个方案进行讨论，不外乎这几种可能性：等她回来结婚，条件成熟的时候把我接到德国去，或者当"毕分族"——也就是一毕业就分手，还讨论过我们领了结婚证她再去德国。我们的态度每次都很严肃认真，但每次都谈不出什么具体意见，以至于只能以一场疯狂的做爱来给讨论打上句号。

这迷惘的爱情和青春啊，我们究竟该何去何从？

Two

那时候我的心空落落的。为什么非要去德国？对于这个问题，杨莹莹的回答是，她不能违抗她那个家族的决定，而且，她自己确实也想去国外看一看。

唉，看来杨莹莹对我的所谓的爱，实在是非常有限的。要我等一年两年，甚至三年五年？如果她在国外变心了怎么办？如果我遇到我更喜欢的女孩儿怎么办？我又怎么可能会眼巴巴地等待一个泡影般的希望？千年等一回？读神话故事或者童话故事去吧！

后来我到机场眼睁睁地看着杨莹莹泪流满面一步三回头，和她那个成了德国华侨的亲舅舅一起离去。

出国以后，杨莹莹一直给我发电子邮件，打电话，但我对她爱理不理。尽管大多数时候我的心比较软，但必要的时候，我是个能够变得铁石心肠的男人，一旦做了决定，就会按自己的决定执行。这世界上没有什么人什么事能让我痛不欲生，一切我都可以看得很平淡。可能我天性如此；也可能，我不够爱杨莹莹。她比较主动地跟我联系了大半年，慢慢就没音信了。

再后来，这一弹指，就是八年以后。有一天我突然接到电话，杨莹莹告诉我她回长沙了，会待两个月，她说是通过同学找到我的电话号码的，她要见我，找我有事，如果我不去长沙，她就自己到林邑来，反正非见不可。

当然不能让她来林邑，我不能让她和杜鹃碰到一起，我们都准备要结婚了。而杨莹莹，在我们通话的时候，我问她现在的情况，她含糊其词地没透露什么信息，只说见面再谈。我完全不知道她的近况。

杜鹃知道杨莹莹的存在，几年前我就已经把杨莹莹的故事告诉了她，当时她还吃了半天醋，故意不理我。当我也假装不理她的时候，她立刻来抱着我耍赖。唉，小女孩儿，让我一想起她，就胸口发软的小女孩儿。即使时光飞逝，我也忘不了第一次见到这个女孩儿的情景。

八年前的某个早晨，送走了杨莹莹之后的第三天，我兴味索然地走进林邑一中高一136班教室，漫不经心地把整个班的学生扫视了一遍，一眼见到一个非常漂亮的女孩儿，我不由自主地呆了几秒钟。

之所以呆住，一方面，从小到大，不管是在我的小山村，还是进了大学校园，除了在电影电视里，现实生活中，我从来没见过长得这么漂亮的女孩儿，而且不只是漂亮的问题，这个女孩儿有着非常脱俗的气质，一看就让人觉得她冰雪聪明、颇有灵气；另一方面，她的神情让我有些莫名其妙，她瞪着我，好像我跟她有仇，甚至我的祖宗八代都得罪了她。

她歪着脑袋，右手握拳放在课桌上支着下巴，黑白分明的大眼睛挑衅地、带着明显的不满瞪着我。

我不明白她何以对我流露出这番表情，我好像还没有机会跟这位素不相识的小美女结仇吧?

这个漂亮女生就是杜鹃，多年后成为我心爱女人的杜鹃。杜鹃户籍资料上的名字其实是杜子归，可同学们都叫她杜鹃，据说这是她爸爸杜思成给她起的小名，子归就是杜鹃。

杜鹃后来告诉我，她第一眼见到我，就觉得从来没见过比我更没精打采、对学生更没有热情的老师，所以她对我的第一印象很不好，可以说是相当不满，尽管我长得其实不招人厌，她就是对我不满。

而杜鹃的美丽和不满却让我马上振作起来，我干咳一声，开始认真给学生们上课。只要我愿意，我其实是个相当不错的老师，因为我有悟性。做任何事情都是需要悟性的，只要有悟性，又肯认真，没什么做不好的事情。

我明显感觉得到杜鹃一天比一天关注我，她美丽的眼睛常常眨也不眨地盯着我。虽然我也很喜欢杜鹃，但我要假装对她并不过于关心。因为，师生恋，是被禁止的。即使我在意她，也只能通过其他途径了解她。我不动声色地听别的老师议论她，终于我了解到，杜鹃的文科成绩非常好，理科成绩普遍不怎么样，我教的数学，她居然常常不及格。

从偶尔她回答我问题的情况来判断，这个女孩儿的智商肯定是高的，可她的成绩怎么会这么差?

这里面一定有问题。

Three

在一次月考之后，我让学习委员把杜鹃请到我的办公室。

“杜子归同学，你自己觉得你数学学得怎么样？”我和颜悦色地开了口。

她坐在我对面，低着头，鼓着嘴，一副有什么委屈的样子，不说话。

我停顿了几秒钟，接着说：“今天把你请过来，我不是想批评你，是想和你一起找找原因。我仔细看了你的卷子，你的那些错题错得非常奇怪，错得十分离谱。”

她飞快地抬起她长长的睫毛，疑惑地看我一眼，但马上又把眼帘垂下去，还是不说话。

这个女孩儿也太能撑了，我这么来卖关子，都不接我的招，我只好自己往下说：“怎么个奇怪法呢？就是说，那些你做错了的题目，其中涉及的知识点其实非常简单，可能是你完全没有掌握的，你可能既没听课，也没看书；或者说，你听了课也看了书，可能没弄懂，而是根据你自己的思路乱做一气。你说我说得对不对？”

杜鹃终于开口了：“你怎么知道的？”

“因为，有些知识点，题目出得其实有点难，而你却做对了，那就证明你智商并不低。如果是你学会了的地方，你就会做题目，那些不会做的题目，很可能是你根本就没学会的，我判断得对不对？”

“我不喜欢学数学。”她不正面回答我的问题。

“我还不喜欢呼吸这里污浊的空气呢！我更喜欢呼吸森林里的新鲜空气，是不是我就可以每天不要待在办公室而跑到森林里去？”

“韩老师这话很有意思啊！是什么意思？”杜鹃开始显示自己伶俐的口齿。

好，这下好了，这比冷冰冰地一句话都不说有意思多了。

“我的意思是，这世界上有一些事情是你必须做的，不管你喜欢不喜欢。你既然来了学校，就必须好好学习，这是聪明人都知道的道理。如果你智商低，理解能力不强，拼命学都学不会，那我没办法，也不会费事把你请到办公室里来。事实证明，你是个非常聪明的学生，语文、英语学得那么好，可以考全年级第一，怎么可能数学会不及格呢？唯一的解释就是，你根本没有用心学习，或者学习方法不对，或者学习态度不对。”

杜鹃灵活地转了转眼珠，在我面前发呆，而她发呆的样子也是那么漂亮。

她叹口气，说：“我以前数学成绩其实是很好的。可是初二的时候，我们全家从另一个城市搬家到林邑来，耽误了一个星期的功课，语文和英语没受影响，数学却一落千丈，我老是听不懂老师在说什么，干脆就对数学没兴趣了，高兴学就学一下，不高兴就懒得看，学多少算多少，甚至不及格我也懒得管。”

这个傻孩子。数学和其他的学科确实不一样，内容环环相扣，很可能一个知识点没掌握，其他的东西也学不会，不会的东西一多，如果不补上来，自己的学习兴趣大减，整个就很难再学好了。

“你的家长和你以前的老师难道对此一无所知？”

“我爸爸妈妈，他们说女孩儿大了心思就浮了，没怎么管我。我以前的老师，他们并不了解我的情况。”

我无语，我们的教育，确实问题太多了。杜鹃以前的老师为什么会不管她呢？难道是，人们普遍认为，漂亮的女孩儿不聪明，聪明的女孩儿不漂亮，所以干脆放弃她？我不知道漂亮和聪明是否真的如此水火不容。反正在我心目中，杜鹃是又聪明又漂亮的。一棵这么好的苗子，却被疏忽地丢在一边不管，这太可惜了。

我对她说："从明天起，韩老师每天尽可能抽半个小时给你补课，好吗？你一放学就到这里来，学半个小时再回家。如果你身边有同学愿意和你一起来，也欢迎来学习。你自己每天尽可能找时间自学一下，不懂的地方，我再教你。明天先把你的初二数学书带过来。我觉得你是个非常聪明的学生，长得又这么漂亮，你应该成为一个非常了不起的人，你不能耽误你自己。"

杜鹃没说话，连头都没点，看了我一眼，站起来转身离去。

望着她的背影，我开始后悔，开始发呆。为什么我会做一个这样的决定？班上成绩差的学生多得是，为什么我要这样对她？难道就因为她长得漂亮？别人会怎么议论我？幸亏我还说了句客套话，让她身边有意愿的同学一起来。不然，我真会觉得很不好意思。

事实上，我后来才想明白这个道理。并非我是一个好色的老师，而是，第一次见到杜鹃的时候，她对我强烈的不满引起了我的好奇，我的潜意识想接近她、了解她。

Four

不管怎么说，每天半个小时，我是抽得出来的，先试试吧。这个杜子归，如果够聪明，在她身上花一些时间，那也是值得的；如果她反应慢，很难教，以后再找借口慢慢推掉吧！至于别人怎么议论，我不管，那跟我没关系。这又不是做坏事，我也不想当校长或者指望被评为全省教育战线先进工作者，不需要对一些事过于敏感，别人怎么看那是别人的事。

事实证明，我是一个有眼光的人，杜鹃果然聪明颖悟。其实每次都有一个叫杨玲的女同学陪杜鹃一起来，而杨玲虽然有进步，但是进步不是太明显；杜鹃的数学成绩飞快地往上蹿，坚持了一年之后，杜鹃在高二的时候居然考到了全班第一名。

我无比欣慰。看看，一块这么好的材料，如果不是我好好培养，说不定就浪费了。

高三那一年的教师节，杜鹃居然做了一张卡片送给我，那是她自己画的一朵红玫瑰。

这个女孩儿在我的课堂上经常发呆，我知道她是喜欢上我了，干脆借这朵红玫瑰大大方方把这一点说破，把她往正道上引。学生爱上老师，那可不是什么正道，我含笑对她说："红玫瑰代表爱情，应该送给你的心上人，而不是送给你的老师。"

杜鹃狡黠地笑："谁说老师就不能是心上人？何况，你现在是我的老师，但你不会一辈子当我的老师。"

"好吧，"我投降，"假如你能考上北京大学，从北京大学毕业之后，你还愿意把这朵玫瑰送给你的老师，我就收下来，但我现在不收。"

杜鹃仍然笑，好脾气地收回她画的玫瑰，狡黠地、自信地说："你迟早会收的。"

拿到北京大学法学院录取通知书的时候，我收到杜鹃发给我的手机短信："韩斌老师，还要等到我北京大学毕业之后再送给你那朵玫瑰吗？说不定到时候我不小心可能会把那朵玫瑰弄丢了哦。"

她是全校唯一一个考上了北大的学生，是迄今为止我这辈子最好的作品之一，太给我长脸了。

我回复她："是，要等到你北京大学毕业的时候，因为你还是学生。我愿意等你四年，如果四年之后你还心甘情愿送我红玫瑰的话，我一定收。如果那一朵弄丢了，你可以再画一朵，这个账我认。”

那一刻，我明白我也在不知不觉中爱上这个女孩儿了，就像一个雕刻家爱上他自己的作品一样——希腊神话中，塞浦路斯国王皮格马利翁爱上了自己雕刻出来的美丽象牙少女，因为他的爱，那少女获得了真正的生命。

关于皮格马利翁，我做过一些研究。有个神话故事说，这位希腊神话中的塞浦路斯国王长于雕刻，他不喜欢他所在国度的凡间女子，决定永不结婚。他用自己神奇的技艺雕刻了一座美丽的象牙少女像，在夜以继日的工作中，他把全部的热情、爱恋和精力都耗在这座雕像上，像对待妻子般爱抚它，并乞求神把这座雕像变成他的妻子。爱神被他的诚心打动了，赋予这座雕像以生命，最终他们结为夫妻。后来，一些心理学家因此把这个现象命名为“皮格马利翁效应”，比喻人们如果对他人怀有良好的期待，施加尽可能好的方法，最终就会得到好的结果。

我想，杜鹃之所以能够考上北大，跟她自己的努力固然分不开，但是，如果不是我像皮格马利翁对待他的雕像那样对待她，很显然，如果数学一科拖后腿，她是没有可能考上这么好的学校的。当然，我这样做并没有预先期望杜鹃会回报什么，更没有奢望杜鹃真的会爱上我，我只是不想浪费一个美丽女孩儿的聪明。现在，即使她爱上我了，我也要为她的前途着想。也许，她对我只是一时的感激之情而非爱情呢？所以，我需要时间考验她，也考验我自己，我必须要等到她大学毕业的时候。当然，我知道我要承担风险，也许我等了她四年，而她却爱上了别人。但，我愿意经受考验。

没办法，看来我这辈子注定要经历一番漫长的等待，才能收获甜美的爱情，豁出去吧！

杜鹃没有让我白等，没有让我失望。大学一毕业，她就出现在我面前，在那一刻，我也毫不犹豫地紧紧拥抱了她。

这次来长沙，我其实很怕杜鹃起什么疑心。幸亏，听到我要到长沙参加培训的消息时，小丫头眼珠子转了转，什么也没说。

到了长沙之后，已经是下午四点多。我在培训班办好报名手续，考虑究竟是吃完晚饭再打杨莹莹的电话，还是马上就打，约她一起吃饭。

正好林邑另外一所中学的老师走过来跟我打招呼，我于是决定吃完饭再跟杨莹莹联系。

我一直有些心不在焉，也有些忐忑不安。

八年，八年会让一个年轻女人变成什么样子?

Chapter 5

杜思成：家有小女初长成

One

我，杜思成，杜鹃的爸爸，也是杜红雨的大哥，在部队里打过二十几年枪。我比杜红雨大了二十岁，跟她肯定是有代沟的，这一点我不想否认。事实上，我没太多机会管这个在我们家族里习惯我行我素的小妹。

这段时间我心里窝火得不行，让我窝火的是杜鹃这丫头，真是被我惯坏了，也被杜红雨熏染得不成样子。

唉，为了让杜鹃进法院，我找老战友张爱国帮忙，费了多大的劲啊！没办法，他在省高院当副院长，找他帮忙的人多了去了，人家还是看在当年我们一起扛过枪、在越南蹲过同一条战壕的面子上，才答应帮这个忙的。加上杜鹃这丫头也还争气，从北大法学院毕业，已经通过了全国司法统一考试，要进高院的话，只要有张爱国这个关键人物肯帮忙，那问题是不大的。

让我生气的是，这丫头横竖不肯进法院。她说当法官虽然威风，可是规矩太多，她要的是自由，像她姑姑一样，又成功又自由。

我是三十多岁才有杜鹃这个孩子的，以前一直宠着她，一直任由她自己决定自己的事。现在，她不肯听话，我也无可奈何，只能跟自己生气。

毕竟时代不同了。

确实我已经老了，老了就喜欢怀旧。

杜鹃小时候就是个美人胚子，不管带她走到哪里，几乎所有见到她的人，不管认识不认识，都要惊叹一句："哎呀，这个小姑娘好漂亮！"

她妈妈怕她从小就只知道臭美，几乎不让她照镜子。杜鹃小时候，她房间里是没有镜子的。她妈妈可能也是经验之谈，她说她自己年轻的时候一天到晚老捧着镜子看，老看不够，耽误了很多时间和精力。

我跟杜鹃妈妈之间的故事倒是很简单，就是我在部队慢慢混成了团长，还一直是个单身汉，后来我回家探亲，别人做介绍，把家乡小镇上最漂亮的姑娘带到我面前，我们彼此一看就都喜欢对方，第三天就扯了结婚证，就这么简单。这么些年来，我们也磕磕碰碰过，但，都过来了。加上有了杜鹃，我们这个家就更幸福了。

老伴儿知道我最近心里憋着一股气，常常劝我："小孩子大了，你让她自己做主不就得了吗？当律师也没什么不好。"

"你懂什么？我们这个国家当官多吃香啊！当法官多好，我们不图吃了原告吃被告，起码不用去求人吧？"

"当律师又怎么要去求人了？现在不是在说以法治国吗？我们丫头懂法律，不就行了？"

"真是个妇道人家，那法律不也是人制定的吗？不管什么事，归根结底，还是要找人！唉，这丫头不听话，你也不和我一起劝劝她。"

"她连你的话都不听，我劝哪有用啊？"

"唉，算了算了，让她自己碰壁去吧，到时候头破血流了，再后悔也没用了。进高院的事，过了这个村就没那个店了。这丫头，一直是个聪明孩子，怎么突然就糊涂起来了呢？”

Two

杜鹃确实很聪明，从小就很出众。八岁那一年，她在学校的速算比赛中，得过全校第一名；她的作文常常被老师当成范文在班上朗读；英语更不用说，见到老外，她为了练习口语，常常主动跟老外对话，还在读高中的时候，她的英语水平已经足够成为业余翻译。她的每一点进步都让我们特别欣慰。

只不过在闺女成长过程中，也有过一段小插曲。那时我从部队转业来到地方，她们母女俩一直跟随我南征北战的，吃了不少苦头。来到地方之后，我在一家机关谋了个闲职，享受副厅级待遇，那一段时间，杜鹃的理科成绩严重下滑。

我们起初还以为是杜鹃人大心大，心思不在学习上，警告了她几次，也就算了。就这么一个闺女，她能考上大学是她的造化，考不上，也犯不着逼她。后来，她读高一的时候，她的数学老师上门家访，我们才知道原来是因为从外地搬家回来耽误了杜鹃的课，又没及时找老师给她补上来，这才导致她成绩下滑。

那个数学老师，韩斌，上我们家里来的时候，我对他印象是很好的。小伙子人很诚恳，又一门心思为学生着想，我们非常感激他。

没想到杜鹃这个丫头居然爱上了她的老师，这个秘密是她的妈妈偷看了她的日记才发现的。

杜鹃当时很生气，为了她妈妈不经允许就偷看她日记的事，她一整天不肯吃饭，绝食抗议。直到我们跟她道歉，并保证下不为例，她才原谅她妈妈。她也向我们保证，不考上大学，绝对不谈恋爱。

就杜鹃爱上老师这件事，我们试过很多办法劝说杜鹃，因为我们觉得杜鹃还太小，还不能对自己的感情负责。

我给杜鹃打了个比喻，我说，杜鹃，你现在还这么年轻，非要在林邑买个房子毫无意义；如果以后你毕业留在北京，当然就会在北京买房子，北京的房子说不定好得多，那林邑这座房子怎么办?

杜鹃嘴硬得不得了，她说她就只要林邑的这座房子。后来，她心里果然只有她老师一个人。

这孩子，心眼儿太实了，希望那个老师一直对得起她也配得上她，希望她以后不要吃亏才好。

其实杜鹃读大学的时候，追她的人很多，一些小伙子节假日总把电话打到家里来，还有一个北京高干的孩子，趁暑假一直追到林邑来，杜鹃还真就一直客客气气地对那个人，不断申明她已经有男朋友了，他们之间只可能是朋友关系。那个小伙子带来许多礼物，希望打动杜鹃，也希望我做杜鹃的工作，可是，我也明白感情这回事无法勉强。小伙子在林邑最好的天合宾馆硬是住了十几天，觉得没趣，也就回北京了。

我在亲人们身上花的心思比较少，毕竟我年轻的时候一直在外地，顾不上他们。我的父母一共有两个儿子、三个女儿，我是长子，杜红雨是我最小的妹妹。除了我和她，其余的兄弟姐妹都在农村，我是通过当兵这条途径跳出了农门，而杜红雨是通过考大学。以前在乡下，想要进城，基本上就只有这两条路。

在杜红雨的成长岁月中，我一直待在部队里，一两年才回家探亲一次，见面的机会很少，但我经常给她写信，鼓励她要用功，没想到红雨会这么有出息，成为我们全家人的骄傲。

杜鹃一直是杜红雨的跟屁虫，姑姑说一，她从不说二，还说长大了就要像姑姑那样。

像她姑姑，倒也没什么不好。

我只能衷心希望，杜鹃要尽早变得成熟些，自己对自己的选择负责。爱情也好，事业也好，她既然一定要按自己的心愿去做，我们只能晓以利害，没办法硬逼着她做出违反她自己本意的改变。

作为父母，我们已经尽力了。

儿孙自有儿孙福，每个人都有自己的命运，随她去吧。

Chapter 6

杜子归：逆子的故事

One

刚进皇冠假日酒店的大厅，我的手机响了，一个座机号码，尾数是“8888”。我，杜子归，预感到这个电话可能恰好就是我要找的那个人打来的。

“您好！您是杜律师？”一个显得很成熟的男中音。

“对，我是杜子归。是我姑姑，哦，是杜红雨律师要您找我的吧？您在皇冠假日酒店对吗？您贵姓？”这一连串话像小孩子用泡泡枪吹出来的一长串泡泡一样，轻飘飘地从我嘴里滑了出来。可是它们刚刚出口，我就后悔了，我觉得自己毕竟是个菜鸟，没什么社会经验，有点沉不住气，我觉得自己说得太多了。

这简直是在卖弄小聪明。如果我猜错了，那岂不是很没趣？正确的做法应该是道明自己的身份，然后就沉默，让对方说话。

“哦，是的，是的。我姓龚，住皇冠假日 2011 房，请问你什么时候能过来？”

“龚先生好，我已经在电梯里了，回头见。”

幸好没弄错，我舒了一口气。

2011的房门已经打开，一位高大的四五十岁的中年男子站在门边。见我朝他走过去，他迟疑地望着我。

我伸出手，微笑着自我介绍："您好，我是杜子归律师。"

他也微笑起来："哦，你还真是杜律师，我还以为是哪个电影明星呢！"

他强调了"真是"两个字。

我知道他的潜台词极可能是："像你这么漂亮的女孩儿，当律师是不是太可惜？"

这样的话我听过太多次，他脸上的表情我也太熟悉了。不少人就是这种表情之后，把潜台词脱口而出。看来成功人士有成功的理由，懂得把握分寸，不会把不一定恰当的话都说出口。

我开玩笑回应："真是？难道您还担心有电影明星假冒小杜律师？"

其实我微笑的表情在回应他的潜台词："漂亮女孩儿干什么都不可惜！"

他再笑一笑，温和地说："思维这么敏捷，看来你会是一名相当优秀的律师。"

他这一招以退为进才是真厉害，表明此人反应非常之快。我决定不再跟他打嘴仗，毕竟刚认识，话说得太多毫无益处。我笑一笑，不再出招。

这是一套豪华单人间。我坐在会客间舒适的沙发里，环顾了一下铺着厚厚地毯的房间，那让人思睡的大床，那窗外开阔的天空，心里暗暗感叹："尊贵的享受就是好。"

他给我倒了一杯茶，然后，把一份来自检察院的起诉书递给我。我边拿着起诉书扫了一眼，边顺口问他："您希望我怎么称呼您呢？"

他迟疑了一下，说："我姓龚，名鹏程。"

我了解地笑一笑："那我就叫您龚先生吧！"

起诉书上有一长串被告人的名字，于是我让龚鹏程说说具体情况。说实话，我的个人风格，不喜欢对着一大堆写满字的纸苦苦研读，如果有人能够口头介绍情况，我更喜欢边听边看，这样比较容易把事实弄清楚。

他叹口气，刚才的笑容不见了，脸上布满了阴云。沉默一阵，他开始讲述："唉，我必须说真话了。你是律师，我不能再有什么遮遮掩掩，哪怕有些事涉及我的家丑，也不能再顾虑什么面子不面子，必须说真话。

"起诉书上列在最后的这个被告人，龚晓骏，是我的儿子，我唯一的亲生儿子，也是个逆子。这是一个盗窃案，他们几个人合伙偷车，然后把车卖掉。可是我儿子在其中究竟起了什么作用，这个我一点都不清楚。他们说自从被抓了以后，我儿子在看守所里什么都不肯说。我上次去看了他，他掉眼泪了，但就是不肯说话，隔着铁窗，接过我送给他的东西，看我一眼转身就走了。你可能会觉得很奇怪，我龚鹏程好歹是个厅级干部，就算称上不大富大贵，也不至于很穷，为什么我的儿子要去盗窃？可以这么说，我的儿子，他参与偷车肯定不是为了要钱，我觉得，他这是叛逆行为，我相信他是故意跟我对着干，故意要惹我生气。气死我了！这个逆子！唉，这件事，说来话长。

"去年，我们家里发生了一起流血事件，流的是我的血，动手打我的是我的儿子。这确实是一桩家丑。当然，这件事，我不能完全怪他，我自己也有责任。

"那时候龚晓骏在读高二，平常成绩还不错，可是期末考试，他的物理竟然没及格，英语也考得不怎么样。我气坏了，也很着急，就趁着暑假，带着他，花一万多块钱到长沙一家有名的一对一教育机构报名，给他请了老师补课。我对这个儿子的期望是非常高的，我希望他能够考上清华、北大这样的一流学府，或者到国外去留学。在教育机构学了几天，他自己感觉很好，做模拟试题明显有进步。他平常是到那家教育机构去学习，老师一对一上课，有一天，他的老师有事，我们就让他在家里自学，结果，我中途回家拿东西，坦白说，我其实是故意找了个借口回趟家，我真正的目的是想看看他在家里有没有好好学习。结果我一回家就发现他竟然在玩电脑游戏，我讲了他几句，他不理我，还嘭地把门关上，我很生气，就在他房间外面敲门，让他打开门，我说有话要跟他讲。他死活不理我，不开门，气得我不行，怒火攻心，我就一脚把门踢开，冲进去把他按在床上。以前我打过他很多次，但他从来不敢还手。

“结果，这一次，让我意外的事情发生了，我还没动手，只是把他按在床上，他居然就动手反抗，一拳打在我的鼻子上，把我的鼻子打出血来，眼睛也打肿了。看着自己的鼻血滴在床上，我呆住了，龚晓骏也呆住了。我开始警惕，我相信龚晓骏对我充满了仇恨。如果不是因为有太多仇恨，他下手不会那么狠。看着自己的血滴在床上，那一刻，我突然冷静下来，心里简直充满了绝望。”

龚鹏程说到这里，停了下来，似乎对于自己被儿子打出血来这样一件事依然痛心不已。

“为什么你儿子会对你充满仇恨？”趁着他停顿的空当，我忍不住发问。

龚鹏程的叙述非常有条理，甚至非常能够吸引人的注意力。当领导的人，说话的水平毕竟不一样。

他和儿子之间的故事引起了我的好奇心。当然，作为一名律师，我深深知道，不该好奇的事情绝对不能好奇。但这一次的事情仅仅是关系到一个人的家庭内部矛盾，应该不会触及什么黑幕，所以我决定满足一下自己的好奇心，这才开口发问。

Two

“这个，他为什么恨我，可能说起来话又长了。我尽量简短。

“我这个孩子是我妈妈带大的。平常他奶奶特别娇惯他，一家人吃饭，每次都要单独给他炒两个菜，读初中的时候他玩电脑不吃饭，他奶奶还把饭端到电脑桌上去。

“我平常工作特别忙，很少有机会管他。有时候管他，他不听，我脾气来了，就会动手给他几下子。对了，他五岁大的时候，我就狠狠揍过他一次，只是为了让他记住教训。那一次，是过年，我开车带着一家老小去乡下拜年，那时候汽车是非常少有的，龚晓骏和小孩儿一起玩，拿石头砸我的车，我批评他几句，他又捡起石头砸我，我气得不行，给了他一个大耳光，没想到小孩子的脸那么嫩，一巴掌下去，把他的脸都打肿了。那一阵子，他看到我就害怕，可能从那个时候开始，他就恨我了。他读初一的时候，有一次因为一点小毛病就不肯上学，我一生气，狠狠地揍了他一顿。等到他上高中以后，我打他就打得少了。毕竟孩子长大了，老是打他也不行。那一次如果他乖乖开门，我根本不会冲进去按住他，其实按住他，我本来也没想打他，只是要在气势上压倒他。没想到，他先动手了。这件事情让我开始反思自己。

“我们家的流血事件发生之后，我儿子再也不理我，我和我老婆去找了心理咨询师。心理咨询师说，孩子五岁就遭受那么严重的打击，绝对是我这个父亲的错，因为那个时候，孩子的是非观念还没有成型，不能用成年人的道德准则来衡量孩子。孩子是环境的产物，也就是说，我们这对父母没当好。我对孩子太严厉，而我老婆又和我妈妈一样，对孩子太娇惯，百依百顺，就导致了现在的局面。

“流血事件之后，我的孩子死活不肯去读书，既不肯去他自己的学校，连一对一教育机构也不肯去了。我和我老婆想了很多办法，包括通过发短信、写信给他道歉，告诉他以前爸爸错了，以后再也不会对他使用暴力，让他继续回学校读书。他不肯听，也不理我，还宣布要跟我对抗到底。反正，他要么是待在家里玩电脑，要么是和一群不三不四的社会上的人混在一起。我也无可奈何，拿他没办法，直到有一天，我突然接到林邑市看守所的电话，说他被抓起来了。

“我就知道，一个好好的孩子，如果不读书，不干正事，就容易走上歪门邪道。至于他们是怎么偷的车，龚晓骏到底干了些什么，这个，恐怕你去问他自己更好。自从我们发生冲突之后，他一直不肯跟我说话，他妈妈也来看过他，他跟他妈妈也不肯说。

“唉，我这辈子，事业上，我一直不服输，自己很努力，可以算走得很顺，对得起社会，对得起天地良心，偏偏没想到，养了个逆子。即使我事业再成功，我的人生还是失败了，天大的失败。”

讲完这段话，龚鹏程垂下头，脸上的皱纹都加深了，仿佛一下子苍老了几岁。

我看着起诉书上关于龚晓骏的短短几行字，核实道：“您的孩子才十七岁？”

“是的，好像是他十七岁生日之后两个多星期，就被抓了起来。”

我再看看手里的起诉状，对他说：“龚先生，这件事，已经如此，再慢慢想办法吧！看来你了解的情况并不多，而且你手里的资料非常有限，这样吧，如果你决定请杜红雨律师或者请我当你孩子的辩护律师，那你要到所里去办手续，我们签个协议，签署一份授权委托书，然后，我就可以去会见龚晓骏，还可以去法院阅卷，调取更多证据。”

龚鹏程说：“这个没问题，你好像说过杜红雨律师是你姑姑？既然是这样，请你请她都可以。我想知道，你们怎么收费？”

我想了想，说：“这样吧，这个案子案情比较简单，由我来办，我姑姑指导一下就行了。收费的话，如果我来办，两万吧，两万是律师的辩护代理费，毕竟我出道不久，收费不高；如果要我姑姑亲自办，这个价是请不动她的，她事情太多了，很少接小案子。如果还有什么其他费用，那是另外算的。”

我知道这样的小案子姑姑是不会亲自办的，我说话比较直白，哪怕会让人听了不舒服，但我觉得简单、直接，更有效率。

龚鹏程点点头，收拾了一下，和我一起到天宇大成律师事务所办了手续，他办完手续就回了长沙。

他说当天下午有一个会议，由他本人主持，所以必须赶回去。他还说龚晓骏根本不想见他，他干脆就不去看守所了。握手道别的时候，龚鹏程叮嘱我如果有机会去长沙，一定要给他打电话，他会好好接待我。

不知道为什么，以前说起长沙，我没什么感觉，可是这次龚鹏程说到“长沙”两个字的时候，我突然牵肠挂肚起来，因为韩斌这些天在长沙。我突然决定周末要悄悄去长沙找韩斌，我要给他一个惊喜。

我向来是个制造惊喜的高手。

其实我听过这么一个观点，说如果你真的珍惜你的爱情，就不要去考验它，也不要制造什么意外惊喜。

我不信这个邪，可是说实话，我心里有非常奇怪的不安的感觉。

为什么会这样？

Three

我常常感谢命运让我和韩斌走到一起。

我永远记得十六岁那一年第一眼看到韩斌时的感觉。

当时我曾在心里发誓要考上比姑姑毕业的复旦大学还要好的学校，可是，我的理科成绩并不好，所以，我的信心其实是不足的。那时我刚刚读高一，所有的老师都是新的，我希望这位新来的数学老师能够让我的成绩彻底好转，突飞猛进。

可是，当韩斌走进教室的一刹那，我觉得自己心里凉了一截。

那一瞬间我百感交集，悲伤的、焦虑的情绪笼罩了我。

这其中当然有原因：一方面，这个老师很年轻，也很帅，让人觉得非常亲切；可是另一方面，这个老师怎么那么颓废？他没精打采的，好像灵魂都被什么人抽走了。这太让人失望了，我对他产生了深深的不满。你是老师，你为人师表，怎么可以这个样子呢？你应该是精神抖擞的，应该把你学生的灵魂点燃，让你的学生都能跟你一样精神焕发。

可他的样子实在让人提不起劲，我忍不住极为不满地瞪着他，似乎他是一个敌人。

好在，后来，他表现得越来越好，我觉得我开始喜欢他了。他其实很有耐心，如果有同学向他提问，他总是不厌其烦地回答。我觉得他思路特别清楚，充满智慧。不知不觉中，我对他产生了暗恋的感觉。一个优秀的老师，是一定会有学生暗恋的，这很正常。正是情窦初开的时候，暗恋一个比我们大不了几岁的老师，有什么奇怪呢？只不过，那只是一种情感的萌芽状态，真正能够开花结果的暗恋少而又少。除非这种感情能够一直持续，而且彼此有互动。

两个月过去了，我的数学成绩仍然不怎么好，几次测试都不及格。我在他的课上老是开小差，自己都不知道在想些什么，反正听课老走神。一次，他给我的后座讲解题目，讲完了，经过我的时候，他突然轻轻拉拉我头上的小辫子说："你上课老是开小差啊！要认真听讲！"然后我听到有同学悄悄议论，说韩老师喜欢我，马上另外又有人说，喜欢她有什么用，她数学老是不及格。

那一瞬间，我心里充满了屈辱，也觉得无奈，难道我的数学真的没办法学好吗？

突然有一天，韩斌让学习委员把我叫到他的办公室。

我完全没想到老师会主动提出来给我补课，我不是很清楚他为什么要这么做，难道是因为老师也喜欢我吗？我没有把握。反正，我很感激他做出这样的决定，这正好是我想要做的事情。不过，虽然我心里高兴得要命，但我故意表现得很平淡，我也不知道为什么我要这样。也许，人在青春期的时候，总会有一些不可思议的表现吧！

在韩斌的帮助下，渐渐地，我成绩越来越好，也越来越自信。一年之后，我居然考到了班上第一名，我知道这一切主要是韩斌的功劳。我是读初二那一年，全家从外地搬来林邑的时候，成绩开始下滑的。他居然让我从初二的数学学起，而且他讲课的特点是，有本事把深奥的内容讲得很浅显，很会打比喻，给我讲解那些知识点的时候，我总是一听就懂了。毫不含糊地说，没有他，我这辈子恐怕跟北大这样的一流学府是无缘的。

他在我心里的分量越来越重，我明白我真的爱上了他。越是爱他，我就越觉得自己一定要成为最优秀的学生，要成为他的骄傲。

我根本说不清楚为什么会爱上他。悄悄暗恋一下，很正常，可是，我觉得我对他的感情已经超过了暗恋的程度。我知道学生对自己喜欢的老师的态度，有的人只是暗恋一下就算了，极少人，会发展成真正的爱情。这要看缘分，还要看每个人的性格。我天生是那种脑袋里只有一根筋的人，我决定了一件事，就会想方设法把这件事情做到。

高三那一年的教师节，我鼓起勇气画了一朵玫瑰花送给我心爱的老师，可是，没想到，他居然不肯收下我的画，还说什么假如我能考上北京大学，从北京大学毕业之后，我还愿意把这朵玫瑰送给他，他才会收下。

我不知道他说这话究竟是不是认真的，反正我认真了。我本来就发誓要考一个比姑姑的大学更好的学校，我的老师又说要我考上北京大学，看来，我必须拼一拼。

没有人知道我是怎么在努力地学习。我一天到晚用心记公式、背单词，连吃饭的时候都在记。有时候也会觉得很苦很累，有一次，我累得脑袋都晕了，一赌气，把一张自己找来的难度很大的数学卷子揉成一团扔到窗户外面去，想要放弃我所有的诺言，可是才过了几分钟，我就后悔了，因为我已经冷静了下来，我乖乖地跑出去把那张卷子捡了回来，很认真地做完了。

我相信自己能够考上理想中的大学，也相信我能够和最心爱的人轰轰烈烈地谈一场恋爱。我把这两件事列为我的人生梦想。

启程去北京的前一天夜里，我跟韩斌悄悄约会，是我主动约他。我给他发短信，告诉他我第二天早上就要离开，晚上八点在公园里等他，不见不散。他没及时回我的短信，我心跳得特别厉害，他会不会不理我?

Four

谢天谢地，他来了。

一见到他，我的心就狂跳起来。我们刚开始是漫无目的地散步，后来，不知不觉地，我们就靠在一起了。那是我的身体第一次如此近距离接触一个男人。平常在他的办公室里，我们彼此都很注意自己，没有任何亲密的表现，只是在偶尔，当我开小差的时候，他会拉拉我的小辫子警告地说："丫头，集中注意力！"

那天夜里，分手的时候，我抓住他的胳膊不放，他紧紧地拥抱了我，仅仅是拥抱。我突然变得没有一丝一毫的力气，全身的力气都被什么东西抽走了。我瘫倒在他的臂膀里，什么话都说不出来。他还亲吻了我的额头，他的嘴唇很柔软，他的目光又温柔又迷离，在北京的许多个夜里，入睡之前，我总会想起他深情的目光。我想，我的心不会再接纳除他之外的任何人。

我曾经读到过这样一首诗：

灵魂选择自己的伴侣

灵魂选择了自己的伴侣，
然后，把门紧闭，
她神圣的决定，
再不容干预。

发现车辇，停在她低矮的门前，

不为所动，
一位皇帝，跪在她的席垫，
不为所动。

我知道她，从人口众多的整个民族，
选择了一个，
从此，关闭心的阀门，
像一块石头。

多么富有魅力的诗歌啊！据说写这首诗的美国女诗人狄金森终身未嫁，默默地爱着一个有妻室的男人。

用一生来爱一个人，这才是我心中伟大的爱情。和狄金森相比，我是多么幸运啊！她只能毫无指望地守候，而我却可以通过努力，有希望和我心爱的人白头到老。

我的闺中密友蓝蓝和我的观点是一致的，她也想要找到一个真心相爱的人，相守一生。正因为如此，她才特别慎重。其实这小妞身边一直不乏追求者，有那么几个男子，一个是外企中层管理人员，一个是公务员，一个是小老板，在许多人眼里，他们都是相当优秀的，但她老觉得自己没有找到感觉。

而我的姑姑居然批评我们如此孤注一掷的爱情观。事实上，“执子之手，与子偕老”，多美啊！姑姑说，杜鹃，你不能太爱一个人，爱得自己都没有了，那是一件非常危险的事情，你要有所保留。

不，我不觉得危险。相反，我认为全心全意地去爱一个人，就是这个世上最美好的事情。他活着，我和他一起快乐；他死了，甚至我也可以不再活，这就是爱情，我不要有什么保留。事实上，姑姑自己也是很爱我的姑父顾凯的，尽管他频频出轨。也许，正因为爱他爱得心痛，姑姑才会警告我们这些还不够有经验的人吧！

可是警告无效，好几年前，我的灵魂就已做出选择。韩斌，他就是我的终身伴侣。

是的，这个周末，我一定要去长沙，去陪伴我生命中最爱的人。

希望不要有什么让我意外甚至痛苦的事情发生。

Chapter 7

韩斌：直面诱惑

One

我，韩斌，想着要和八年不曾谋面的旧情人相见，心里一直既兴奋又忐忑不安。和参加培训的老师们一起吃完晚饭已经快八点了。

一拨完杨莹莹的号码，她几乎马上就接听了电话，她惊喜地说，我们之间真是心有灵犀啊！

因为她正在摆弄手机，想给我发短信，所以，手机一响，她就立刻接听了。

听了她的话，我有淡淡的惆怅，也有微微的不满。心有灵犀，早知道心有灵犀，当年你为什么非要去德国？

杨莹莹说要到我住的宾馆来看我，我立刻拒绝，谎称我和同事住在一起，多有不便。事实上，这次培训招待得非常好，我们每个人都是住单间。我不太清楚为什么我要一口拒绝她，怕她勾引我？怕自己旧情重燃？我还真是没想清楚，总之，我不能不警惕。人有时候无法控制自己的非理性行为，尤其是男人，有些节点上，根本没办法管好自己。我和杨莹莹的事，真是鬼都不知道会如何发展。

警惕是必须的。

我们之间隔了八年。何况，我有了杜鹃，谁知道杨莹莹又是什么情况？

我约她一起喝茶，她马上说了一个茶楼的名字，要我打的过去，她说她来定包厢，定好之后发短信给我。

我答应了。

当我找到杨莹莹短信里告诉我的包厢，站在包厢门前，我的心里刹那生出无数种情绪。恐慌？渴望？怨恨？爱？我分不清楚，它们全都在我脑海里翻腾，就像一个画家作画的时候不小心碰翻了颜料盒一样，各种色彩，全部交织在一起。

我定定神，推开门。

一个女人悠然坐在沙发上，面对着我。

我盯着她看，不作声。她带着笑意，挑衅地望着我，眼睛一眨不眨。

这个女人，居然真的是杨莹莹？

我记忆中的杨莹莹仍然是个女孩儿，和杜鹃差不多的样子，只是没杜鹃那么漂亮。而眼前这个杨莹莹，却是一个彻底成熟的女人。她稍稍长胖了一些，但仍然不失苗条；发型变了，以前她是长发披肩的，而现在，成了短发，而且发梢染成了紫色，看起来很时尚。公平地说，她似乎比以前更漂亮了些，但是，却变得如此陌生。

两个杨莹莹，一个在心底，一个在眼前；一个是绽放的莲花，一个却成了已经成熟的莲蓬。

我干咳一下，当我不知道该怎么说话的时候，就会不由自主地干咳。

我边干咳一声，边坐在她对面的沙发上。

桌上已经放了一杯茶，参须麦冬，正冒着热气。我想，如果我在路上的时间耗得长一些，或者，我出发得晚一些，那茶不就凉了吗？她还是喜欢自作主张。

杨莹莹静静地说：“韩斌，你一点都没有变，还可以去大学校园里冒充在校大学生。”

我笑一笑，说：“老了，我的心快一百岁了。”

杨莹莹顿一顿，道：“是我对不起你。”

“不是这个意思，不存在你对不起我。我是说，岁月催人老，人总是要老的。”

她把两只手伸出来，抓住我的手，我的手僵了一僵，没有动。

我们又不说话了，无言以对，无话可说。

我再干咳一声，问她：“这些年你一直在德国吗？你过得好吗？”

她犹豫了一下，似乎在考虑怎么回答我的问题，过了一阵，她轻描淡写地说：“我还好。”

她手上的力度加大了，示意我坐到她那边的沙发上去。我飞快地扫了一眼那条沙发，沙发不长不短，可以坐得下两个人，但是两个人坐在一起，势必非常亲密。

我犹豫了一下，但是她一直没有放手，我于是只能趁势坐到她的身边。

杨莹莹身上洒了香水，而且应该是非常昂贵的香水，因为味道很好闻，像栀子花，又像米兰，让人心神荡漾。这种味道我一进包厢就感觉到了，只是靠近她之后，这种香味更加让我不由自主地深呼吸。

她一把抱住我，倚在我的怀里。在这样的情形下，我必须把手搭到她肩上去抱住她，否则，我的身体会扭得很不舒服。

我抱着她的肩膀，转头看着她，然后叹息一声。

她说：“先说说你，我想知道你的情况。听同学们说你有一个又年轻又漂亮得出奇还毕业于北大的女朋友。”

听了这话，我慢慢把手从她肩上收回来，转开头，正襟危坐，面朝桌子，不再看她，也不接她的话。

“你说话呀！我想听听你和她的情况。”

“你要听什么情况？”

“你爱她吗？”

“是。”

“她爱你吗？”

“是。”

“我听说她是你的学生？”

“是。”

“我听说你们快要结婚了？”

“是。”

“除了是，你还会说什么？”

我大笑起来。

我简短地介绍了和杜鹃相爱的经过，她听得出神，有些吃醋的表情。

喝一口茶，我说：“现在该你了，告诉我这些年你在德国的情况。”

Two

她叹息：“我的情况，过几天再告诉你。我们现在，怀怀旧，好吗？我无法忘记我们相恋的日子。”

怀旧，这是一个有风险的话题，两个老情人还坐得这么近。怀旧会意味着什么，杨莹莹不是不清楚。

我喝口茶，不接话。

她继续说：“你知道大学里我对你印象最深的一件事情是什么吗？”

我看着她，不言不语。何况，我确实不知道。

“有一次你们寝室的男生去学校外面的乡村打了一条狗，弄到餐馆加工，然后，你带了一碗狗肉送到我们寝室，送到你就先走了。当时我好生气的，觉得你们做这种事好不光彩，我根本没吃那碗狗肉。你一走，我就把狗肉倒掉了，我们寝室的女生谴责我，说我假正经，她们说，年轻的男孩儿，谁没干过件把偷鸡摸狗的事？何况是你们寝室的人一起干的。她们还说你能够把狗肉带给我分享，说明你是一个体贴的、有责任心的好男人。我觉得她们说得有道理，后来，我从来没跟你提起过我把狗肉倒掉的事，我怕你会生气。你自己是怎么看这件事情的？”

我们寝室的男生合力偷过一条狗去餐馆加工，这件事我记得，一大群年轻人在一起，头脑发热，偶尔难免干件无伤大雅的坏事。可是，我居然给杨莹莹送过一碗狗肉？这我怎么一点印象都没有？太奇怪了，我在脑海里搜索了一遍，真的没印象，我甚至怀疑杨莹莹是不是在杜撰，可又觉得不像。她为什么要杜撰？唉，只能怪时间太无情了，这样的事情，活生生被时间的河流吞噬了。

我只好呵呵一笑，但是杨莹莹不依，她逼问我：“你记不记得这件事？”

我含糊地说：“好像是有这么回事，但我好像印象不深。”

“那你印象最深的是什么？”

“嗯，我想想，我记得你过二十岁生日的时候，我送给你一束玫瑰花，刚好二十朵，结果那束玫瑰花居然掉到菜汤里去了。”

这一刻，我突然发觉，难道这是命运中一道无声的谶语？当时玫瑰花掉到菜汤里的时候，我就感觉非常不好，觉得很沮丧，后来我和她果然分开了。

其实说心里话，我印象最深的不是菜汤里的玫瑰花，而是第一次和杨莹莹在一起。当然，这个记忆，在这个时候，是不方便提的，也许这辈子都没机会再提起。那一次，是周末，寝室里的兄弟全都出去了，他们故意给我和杨莹莹制造机会。杨莹莹有些娇羞，也还算爽快，可是我的第一次表现非常丢脸，我竟然问她：“是哪里？”我只知道个大概，却不清楚具体位置。我们两个都有些紧张，后来我把杨莹莹弄得很疼。我还记得杨莹莹的胸部发育得很好，比杜鹃还好，杜鹃像个发育了一半的孩子。

这些细节让我的身体一阵燥热，身体的某个部位一下子就失控了。

杨莹莹似乎感觉到了，她把头依在我的怀里。我的身体依然是紧绷的，并没有放松下来。

男人有时候很可怜，很难控制自己的生理冲动。我再度端起茶杯，至少这一次，我相信我是肯定能够控制的。

我能够保证这一次我跟她绝对不会发生什么事，因为我决定请她喝茶，用意就是如此。我不会在茶楼的包厢里干出什么事情，可是整整半个月，我能够保证什么事也不会发生吗？我没那么大的信心，我是不是该告诉杜鹃这件事？

杜鹃立刻从我的脑海里跳出来。她对着我痴痴傻笑，她拧我的耳朵，她亲吻我，她紧紧抱着我。

我在内心呻吟。

杜鹃，你要来救我，否则，我不知道这些天会做出什么事情。

Three

我坚定地推开杨莹莹，仍然坐到她对面的沙发上去，夸张地说今天晚餐吃得太少，肚子饿了，喊来服务员加个果盘和一些茶点。

慢慢吃点东西，心不在焉地聊了些事情，我忍不住好几次问起杨莹莹的现状，她就是不说，坚持要过几天再告诉我，真不知道她是什么意思。

我再问："你不是说找我有事吗？是什么事？"

她干脆地说："也要过几天再跟你提。"

我不知道她葫芦里究竟卖的什么药，心里觉得颇为不爽，于是，不到晚上十点，我就说要走，借口是要早点回去睡觉，因为第二天必须早起。

杨莹莹的表情非常失望，她问："韩斌，你那么急着要走吗？难道在你眼里，我已经变得那么没有魅力？"

"不是，你比以前更漂亮、更有魅力。"

"那你为什么急着离开我？"

"恰恰是因为你太有魅力了，我怕我管不住自己，会做坏事。"我坏笑，心里却对自己如此油嘴滑舌有些羞愧。

很奇怪，杨莹莹似乎完全没听出这显而易见的油滑，她居然把我的话当真了，娇羞地低下头。

当然，我的话里也不是完全没有真实成分，半假半真吧！她居然又往我怀里靠。

女人，这就是女人。

当然，也许是她心中对我依然有爱意，影响了智商。不是说恋爱中的女人，智商为零吗？

再坐几分钟，我坚定地告辞了。

第一个晚上，我顺利地脱了身。

回到宾馆，我立刻给杜鹃打电话："宝贝，有没有时间？到长沙来陪你老公，好不好？"

肉麻死了，太肉麻了，我自己都要被麻晕了。可是，不知道为什么，我就是喜欢这样。高兴，开心。

杜鹃更肉麻，她娇滴滴地说："老公，想死你啦！可是我这段时间好忙呢！今天又接了一个新案子，可能没时间来看你哦！"

她的声音像蜜一样甜，又是撒娇又是卖痴，我的心都要融化了。

"没关系没关系，我的宝贝来不来都不要紧，因为宝贝就住在我心里。"

我确实不知道我跟杜鹃私下里怎么会这么黏糊，跟她通过电话，我的心立刻像灌满了花蜜。有了她，我就觉得自己活得有滋有味，非常开心。

刚刚放下电话，手机里进来一条短信，是杜鹃发的："假如我拥有天空和空中的繁星，以及世界和世上无穷的财富，我还会要求更多的东西。可是，只要你是属于我的，给我地球上最小的一个角落，我就心满意足了。"

这是泰戈尔写的一首诗，我和杜鹃都很喜欢，两个人都能把它背下来。

我马上回复："乖乖，亲爱的，我不在你身边，你要好好照顾自己。"

我和杜鹃之间养成了收到对方短信立刻回复的习惯，如果不马上回短信，她会穷凶极恶地立刻追电话过来。

我确实非常宠她，方方面面都娇宠她，一如她的父亲。

网络上，女孩儿们不是在宣称"爱我，就把我宠坏"吗？我不怕宠坏杜鹃，她是我心爱的宝贝。

好女人是宠不坏的，只会越宠越好。

我迷迷糊糊睡着了，梦里跟杜鹃一起疯跑，一起笑闹，一起……

Chapter 8

杜红雨：关于婚姻和男人的头脑风暴

One

男女之间的情爱关系，处理好了让人心醉；否则，就是心碎。

这些天，我，杜红雨，忍气吞声没有跟顾凯提林虹的事。当然，也不会透露半点我跟杨威的事。我没有那么傻。

我跟杨威仍然经常见面，但我们不约而同地闭口不提那天晚上，就好像我们都已经忘记了，好像那个晚上根本就不存在。

他偶尔要请我喝酒，我知道他的用意，但是我拒绝。开了几次口，他也不再提喝酒的事了。

这个男人的优点很多，他大度，识趣，所以我们之间才会有深厚的友谊。何况，他的生命里不会缺女人。

我们仍然是好朋友，也只能是朋友，不会发展成真正的情人。

一个爱老公的女人不需要情人，即使这个女人真有什么风流韵事，那也只是偶然。

但这一切我都不会跟顾凯提起，可是，我不提，并不代表我不在意，并不代表我能把这些事情忽略不记。一方面，我痛恨他出轨；另一方面，我对自己的所作所为有些内疚。不，那一次的自我放纵不是我的本意。

事实上，对于那个夜晚，我有时候想起来会后悔，甚至后怕。如果我运气糟糕一点，遇人不淑，以后杨威动不动拿这个事要挟我，逼我就范，我怎么办？或者，万一杨威有性病，传给我了，我怎么办？

我连续好几天都没精打采的，顾凯虽然每天早出晚归，但他的心是细的，他发现了我的变化。

这天早晨，破天荒的，顾凯居然像我们刚结婚那阵子一样，起来做早餐。我听到他让阿姨别管他，听到他在厨房把餐具弄得叮当响。

我假装不知道，假装还没睡醒。

他做完早餐轻手轻脚走到床边，很轻地亲了一下我的唇，然后出门去了。

他一出门，我立刻起床，来到餐厅。阿姨在书房拖地，她也很聪明，不过来打扰我。

我看到餐桌上摆着我最爱吃的腐乳烧鸡翅和麦片粥，还有一个洗净了的苹果。餐巾纸盒下压着的纸条露出一半，我拿过来看，上面写着：“心爱的老婆，我太忙了，常常顾不上你。你要学会照顾自己，不要太辛苦。我爱我们的家，爱你和儿子。”

我的泪水瞬间汹涌。

顾凯，顾凯，既然你依然爱我，为什么还要去外面找女人？

我该怎么办？

应该说我其实也还大气，可是，我似乎真的无法容忍别的女人来分享我的老公。

顾凯跟那个林虹的关系究竟到了什么地步？他爱她吗？有多爱？

我究竟该怎么办？

我得找个人说说这件事，想一些对策。可是找谁？找杜鹃？以前我都是跟她说，可是她太年轻了，说着说着，就成了我教导她，那不是分享或者分担。这次我不想找杜鹃了，而且，我不愿彻底毁掉顾凯在杜鹃心目中的形象。前面两次顾凯出轨的事，随着我原谅顾凯，杜鹃也已经原谅了他。可现在，新的麻烦又来了！

干脆，找个心理咨询师吧！现在不是说有什么心理困惑都可以找心理咨询师吗？但不可以在本地找。我想去省城，一来怕本地的人认识我；二来，大城市毕竟集中了更多优质资源。

我在网上四处搜索了一气，锁定了长沙的一个心理咨询师，她叫晓梦，而且她居然也是律师。

就去找她吧！我要到长沙去一趟，明天就去！恰好我的法律顾问单位有个事早几天就该去一趟长沙，一直拖着没处理，现在不必再拖了。

杜鹃这丫头一听说我要去长沙，先是嚷着也要一起去，然后又说不去了，要我带点东西给韩斌。

说实话，我对韩斌的印象很好，他是个聪明而且重情重义的人，对人不卑不亢，言行有礼有节，连顾凯都说他是个能成大事的人。成不成大事，这个不好怎么定义。何况韩斌是个老师，能成什么大事？当校长算不算成大事？对于他成不成大事我不感兴趣，我真正感兴趣的是，我不知道他怎么会有那么大的魔力或者说那么大的魅力，能让杜鹃这个丫头对他那么死心塌地。当然，杜鹃太天真、太单纯，她爱上什么人，就会一根筋爱到底，这样的女孩儿，已经越来越少了。现在大家都学会了讲究实际，而杜鹃却总生活在她自己的梦境里。能够在梦里生活，也许是一种福气吧！

临行前，杜鹃交给我一大包东西，让我转交给韩斌。我问是什么，杜鹃嘻嘻笑着说，就是些吃的东西。

真是看不懂这帮年轻人。吃的东西，这年头哪里没有？也值得我从林邑坐几个小时的车特意带到长沙去？何况韩斌总共才去两个星期。两个星期，那不是一眨眼的事吗？哦，对了，人家是热恋中的情人，一日不见，如三秋兮。

我禁不住心里有些发酸，我也曾经有过这样的日子，可是已经一去不复返了。

当年我是在办案过程中和顾凯相识的。那时候他是一家局机关法制办的秘书，当时有人告他们局不作为，带我的老律师是他们局请的法律顾问，老律师经常让我替他跑跑腿，一来二去，我跟顾凯就熟了。其实我对顾凯第一印象就相当好，他对我也一样。我们年龄相仿，有许多共同话题。然后，很自然地，我们就相爱了。如今，他已经是这个局的局长。

再浓烈的恋情，多半都经不起时间的考验。我和顾凯，当年爱得不深吗？现在看看，他心底居然又有新人了。尽管他让新人笑的同时，他的本意并不想让旧人哭。可是，我不领这个情，我甚至考虑是不是要痛下决心离开他。

这个花心的臭男人！这个让我爱恨交织、咬牙切齿的臭男人！

人啊，人性啊，谁能彻底看透呢？

那个心理咨询师能够帮助我看透顾凯吗？

Two

我在路上就跟心理咨询师晓梦电话约时间，我会在下午三点多到长沙，她刚好四点有空，于是我们约好四点在她的心理咨询公司见面。先见晓梦，再去找韩斌吧。我给韩斌也打了个电话，告诉他晚上我们可以一起吃饭。

坐在晓梦侧面，我丝毫也不掩饰自己咄咄逼人的眼神。我不理解晓梦为什么故意把两把椅子摆放成九十度角，而非一百八十度的面对面，我疑心她这样做就是为了避开直接跟我成为对立面，后来我才知道这是心理咨询的规范设置。这样设置的目的，也确实是为了避免咨询师和来访者之间形成对立格局。

我不记得是哪个男人评价过我，说我是一个锋利的女人，一个刀子一样的女人。

也许他说的是对的，有时候我确实锋利。可这有什么关系？难道每个女人都得是软绵绵的垂柳和香喷喷的玫瑰花吗？我不是说垂柳和玫瑰不好，而是说，锋利也有锋利的可取可爱之处。

我盯着眼前的晓梦，她在我的逼视之下居然依旧怡然自得，从她的神情中，我很快得出结论：这个女人是值得我与之交流的，值得我为她特意来长沙。

一望便知，她是一个智慧写在脸上、历练沉淀在心底的女人。她的年龄应该跟我差不多大，看起来显得还比较年轻；而且，她的形象也不错，只可惜，她不化妆。如果化化妆，她一定也是美女。她并不像我一样，眼神直直地盯着对方看，她偶尔跟我对视，然后移开，但移开并不是因为退缩而是出于礼貌，她的眼神里毫无惧意。看一个人，最重要的就是看这个人的眼神，是否坚定，是否不畏惧，是否善良，是否灵动。晓梦的眼神经受住了我的考验。

我决定第一句话就要镇住她，就像很多时候镇住我的当事人一样。

我张口就说：“请原谅我有时候说话很直接，你出过轨吗？”

她没有马上回答，还没等她有所反应，我接连抛出第二个问题：“如果没有，你会出轨吗？”

我想晓梦应该在心里大吃了一惊，因为对于素不相识、初次见面的人来说，这两个问题实在是太雷人了。当然，这里是心理咨询公司，很可能什么雷人的问题都已经有人问过了。

不知道晓梦会不会把我归入有神经症的人群？反正我是故意要这么问的，且看她如何应对。

她微微一笑，似乎对于我的提问一点都不意外；或者，是她把自己的情绪隐藏得非常好。

她停顿了一下，才慢悠悠地回答道："我想，你这两个问题的背后，应该有一些事件和观点作为支持，对不对？你能不能先告诉我，为什么你要这么问？是什么事情、什么念头让你这么问？"

我怔了一下。

果然是个非常聪明的女人，一下子就把问题还给我了。

我镇定地说："其实，我问你这两个问题的目的，是想看看心理咨询师是不是也会很坦诚。你能够不回避，直接回答我的问题吗？"

她再微微一笑，然后说："好，我直接回答，第一个问题，我是否出过轨，这么说吧，这是我自己的个人隐私，限于我们之间的交情，我觉得目前不适合告诉你。第二个问题，我是否会出轨，我的答案是，可能会，也可能不会。"

天，这样的回答，简直就不是聪明而是狡猾了。当了多年律师，我喜欢快言快语，黑白分明。

我无可奈何地望着她，说道："你这样的回答等于什么都没回答。"

她喝口茶，没接话。我脑子里开始思索如何发起一轮新的进攻。两人之间陷入了沉默，我有些焦虑。

晓梦慢悠悠地把茶杯放回桌上，微笑着问："我可以先知道你的情况吗？你为什么会来找我？你是怎么知道我的？有什么事我能帮到你？"

我没有马上作答，出神地盯着她的眼睛。那双微笑的眼睛里有洞察，有了解，有关怀，更有真诚。

这一瞬间我决定放弃对抗，我不是来找她打口水仗的，我是来找她提供帮助的，尽管我还不确信她究竟能不能帮到我。

我马上软下来，从语气到身体，全方位放松下来。谁说杜红雨是刀子一样的女人？杜红雨也会软，软得像一团棉花，或者像动物柔软的皮毛。

我简单地向晓梦介绍了我自己，包括拥有自己的律师事务所，开着奔驰车，住着豪华别墅；包括我经常在当地的电视、报纸上崭露头角；如此高调，也许是因为跟她初交手的时候，我明显处于劣势，不想让自己输得太难看。

她一直倾听，点头微笑。

接着我再开始诉说顾凯的出轨。从第一次我怀孕而他禁不住女下属勾引；到第二次我们为了孩子教育常有争执，而他和一个年轻漂亮的女老师有染；再到这一次，他和一个名叫林虹的女护士有隐情。当然，我知道的东西其实不多，但大概的情况我是清楚的。我如实告诉晓梦我有一次通过私人关系，动用非法手段，查询过顾凯的手机通讯记录，连信息都一条一条调出来看，所以，大概情况我清楚，一般都是那些女人主动向顾凯示好，而顾凯禁不住诱惑，就跟人家在一起了。顾凯不知道我查过他的手机，如果知道，他一定会非常生气。

一口气说了许多，讲述自己如何痛苦、伤心，我无法抑制地泪流满面。

刀子一样的女人，杜红雨，一样会泪流满面。

晓梦递纸巾给我，我这才发现沙发旁的茶几上，放着一大盒面巾纸。一定有不计其数的人，在这里痛哭流涕吧？这里的眼泪收集起来，应该可以变成一个小池塘了吧？

我好容易平静了自己。

晓梦说："我理解你心里的痛苦，你把自己的烦恼说了出来，是不是好受一点了呢？"

我点点头，长长地舒了一口气。我从来没有如此放松过自己，从来没有像这次一样，如此毫无顾虑地把内心的秘密和盘托出。以前对杜鹃述说，我是有所保留的，因为我不打算跟顾凯离婚，就不能把他一棍子打死。而对晓梦，我没有任何顾忌。

我自言自语道："我自己都不知道，为什么我会觉得痛苦？其实我知道他对我，对我们的家是有责任心也有诚心的。不然，我们早就离婚了。"

晓梦接口道："你痛苦，可能是因为你不接受你面临的现实，可能是因为你自己头脑里的观念跟现实无法协调，可能是因为你不愿意失去他又对他有强烈的不满，可能性有很多种。"

"是，我痛苦，是因为顾凯背叛我，他背着我爱别人，我无法接受这一点。"

"是你的观念在让你痛苦。为什么你会无法接受？因为你接受的是一个男人只能爱一个女人的观念。你认为你的老公是你的，其他任何女人都不能碰。"

"这个观念不对吗？"

我直直地盯着晓梦问。

Three

"我没有说它不对。关于爱情、婚姻，有许多种观念，也曾经有过一些不同的制度。我们现在实行的是一夫一妻制，而就在几十年不到一百年之前，在我们解放前的中国，实行的是公开的一夫一妻多妾制，作为律师，你是知道的。”晓梦的回答有条不紊。

我呆了一呆。是，这个我当然知道。我突然想明白了一点，她说关于爱情、婚姻，有许多种观念，而且，不能说哪种是对的，哪种是错的。也就是说，这些观念，也许是可以因人而异的。再比如说，我们目前的一夫一妻制，是我们所处的社会阶段所制定的制度。可是，谁能说这个制度就一定是对的？或者说，谁能证明这个制度对所有的人都是对的？还有，谁又能说其他的制度，比如一夫多妻或者一妻多夫，再或者我们可能还没发现的其他制度就不对？我的理性和感性同时开始活跃。

我突然产生了一个非常疯狂的伦理观，在阶级斗争中，“成则为王，败则为寇”，这是一条公理，那么，在婚姻爱情领域，是否也是如此？所以不管男人还是女人，都要充分发展自己，突出自己的优势，才能成为爱情婚姻的赢家。那个林虹，如果想要挑战我们的婚姻，她就放马过来吧，我不怕。

我曾经跟一个男人讨论过为什么不少男人要出轨，他的观点是，男人和女人生理结构不一样，承担的生物使命不一样，因而想法不一样。性这件事，是一种本能，对男人来说，最原始的后果就是快感加后代，而道德和责任都是人类文明附加的；对女人来说，性最直接的后果可能是怀孕，是承担，所以男人本能会比女人对性更有兴趣。更何况，有些男人有时候喜欢玩一玩，仅仅把性当作一种放松的方式，不代表什么。

当时我无法理解他的这番话，现在慢慢有些懂了。

其实想清楚了，出轨不出轨，居然就是非常简单的事情，因为很大程度上，男人容易受本能控制，而本能的力量是非常强大的。

婚外情已经是极为普遍的现象，许多家庭之所以破裂，是因为夫妻之间的联结纽带不够坚韧，他们不打算维系婚姻关系，或者想要维系而不得。如果婚姻关系仅仅是因为婚外情而破裂，那么只能说，丈夫不善于伪装，妻子不善于或者不愿意装傻，彼此不想再继续。

而我的婚姻，我依然对顾凯有感情，他其实也是在意我的，何况我们有孩子，我们双方都觉得家庭还没有到非要拆散不可的地步。

我胸口的痛一点一点在减轻。

胡思乱想了一气，我回过神来，对晓梦说："我们的社会要多开一些关于婚姻、爱情的课程，讲述对婚姻和爱情本质的认识，讲授怎么来修复和维护情感，告诉我们可以有哪些平常意识不到的方式，可以深深让对方着迷，不要被别人抢去。"

边跟晓梦说这番话，我边想着顾凯。我和他，终究是相爱的。

晓梦笑道："这样的课程有很多呀，而且这样的书也很多。"

我无语。书我是看到过的，但是课程，通常要到长沙这样的省会城市才有。这些课程，一般都收费昂贵，很难在小城市里组织课堂，说不定以后我会抽空专门来长沙听听类似的课程。

我问："有没有专门讲如何应对男人花心的课程？"

晓梦说："这么细分的课程，我好像没看到过。事实上，所谓的男人花心，看你自己怎么去理解。事实上花心肯定不是男人的专利，也有女人花心。在我们目前歌颂的爱情观念里，专一性和排他性似乎是被特别强调的，可是随着时代发展，人性的解放、个人的自由以及自我了解被提到前所未有的高度，也许关于专一和排他会有不同的尺度。当人陷入亲密关系的时候，是最能了解自己也最能完善自己的，每一个自我都有不同的层面，也许你只能满足你所爱的人非常有限的层面，那么，当你的爱人在能够做到无害的前提下，与他人建立有限的亲密关系，从而对自己有更多了解的时候，你是不是能够对爱人采取更宽容的态度呢？当然，我不是在建议什么，我也只是在和你一起探讨这个话题。”

满足自我的不同层面。晓梦的话让我有些震惊，顾凯接受林虹，是不是因为林虹能够非常细致地照顾他，而我不能？我突然不再那么恨顾凯。

晓梦再问我：“你知道李子勋吗？”

我茫然地摇摇头。我不知道李子勋，但我知道李银河。李银河女士号称中国第一位研究性科学的社会学家，曾经提出过男女之间发生性关系的三大标准：“自愿、私密、成人”。她提出这三大标准的时候，引起全社会一片哗然，所以我也对她有所了解。通过今天的心理咨询，我觉得，在她提出的三大标准之上，还需要再增加一条，那就是“安全”，不知道李银河女士是否赞同。

晓梦接着说：“李子勋老师是中央电视台一档心理节目的特邀嘉宾，是国内顶级心理专家。他有一个观点，我非常欣赏。他说：‘当一个人所选择的文化观念是多元的、合时宜的、有效的，并与你这个个体相匹配时，一个明显的特征就是：你的身心是协调的，心境是愉快的，感情是充沛的，体验是丰富的，精力是旺盛的。什么人都敢爱，什么事都敢做，什么地方都敢去，品尝着自由的感觉。’”

应该说，晓梦转述的这段话，最吸引我的关键句是“什么人都敢爱”。我请她把这整段话写给我，抄在一张纸上，因为我也非常喜欢。

我想，也许，人的爱情观也应该是多元的。你拥有什么样的爱情，取决于你自己是什么样的人，以及你爱上什么样的人。如果你相信爱情是专一的，而且你爱上的人又无比忠诚，他只爱你一个人，固然是一种运气，是一种福气，就像杜鹃和韩斌；可是如果你爱上的人是个花心大萝卜，像顾凯，人并不坏，但他就是容易见一个爱一个，那你有什么办法呢？要么，你无可奈何地接受他，要么，你就离开他，除此之外，没有其他办法。当然，因为爱你，他也会适当照顾你的情绪，会有所收敛；可是如果你指望一条大灰狼从此不吃小肥羊而只吃小白菜，恐怕你只能一辈子都当小红帽了。

美好的婚姻，必须在忠诚和出轨之间取得平衡。对于顾凯，我可以容忍，或者放弃。虽然都会痛，只看我自己更愿意承受哪种痛。这世上，又哪有完全不痛的婚姻呢？

我觉得晓梦让我刮目相看，忍不住这样说：“我觉得你心态好开放的。这些观点和内容，你给别人做心理咨询的时候也表达过吗？”

她笑笑道：“心理是这世界上最微妙的东西，做咨询是因人而异的。我刚才说的观点，有的人可能完全接受不了，我当然不会说。”

“那你怎么判断我就能接受？你怎么判断一个人能不能接受？”

“感觉。这是没有办法概括出一个固定标准来的，需要经验。”

“你太厉害了！我很佩服你。”

“我也很佩服你。你看，作为律师，你名利双收，如果拿这方面跟你比，我就差远了。”

“你这么优秀，一样会心想事成。”

“谢谢你的吉言。”

“嗯，”我明显地犹豫了一下，但很快变得坚决起来，“我还是想问一问我刚开始就提出过的问题。涉及你隐私的那一个，我不再问了，我只是想问另外一个，你会出轨吗？”

说实话，我确实想知道一个心理咨询师的内心世界。

Four

晓梦哈地笑起来说："你是个锲而不舍的女人。这么说吧，如果这个世界上有这么一个男人，他能够打动我，我和他能够彼此相爱，我又愿意为了他去冒失去一些东西的风险——比如老公，比如别人对我的好印象——诸如此类的风险，我不排除出轨的可能。毕竟一场倾心的爱恋，是可遇不可求的事。但是我这人比较挑剔，年轻的时候糊里糊涂地没用心去找；现在没那么年轻了，也有了自己的家，我和老公能够凑合着过下去，暂时没打算出轨。不过，估计就算我想出轨，因为我的生活太简单，很少跟合适的人群打交道，可能也很难再有这样的机会。这个答案你满意吗？"

"可是，如果你真的因为遇到合适的人而出轨，那会违背这个社会的道德观呀。"

"我最近恰好看了一本书，那本书把这世界上的人分成三类，第一类被称为愚蠢的人，这种人必须要靠别人制定的规则过日子，必须干什么，不可以干什么，否则不知道如何活下去；第二类被称为狡猾的人，他们制定规则，必须干什么，不可以干什么，但他们自己从不刻板地遵守这些规则，他们只遵守自己认可的规则；第三类被称为聪明人，他们完全遵循自己认可的规则，跟第一类人友好相处，也从不得罪第二类人，他们只听从自己内心的声音，知道自己想做什么。我想我在努力成为第三类人。事实上，道德、法律，这些东西，我们不去故意触犯它，至少在表面上、公众面前遵循它，也就行了。我们的内心应该有我们自己的心灵法则，在保证你能适应这个社会的前提下，在不触犯别人利益的前提下，你自己私下里愿意遵循甚至愿意制定什么样的法律，那是你自己的事，与别人无关。每个人都是一个独立的世界，每个人都是自己独立世界的王者。”

天哪！什么叫英雄所见略同？我和晓梦就是。只不过，我们的区别在于，我以前老是想着让一个男人来当女人的王，实在不行才自己当自己的王；可晓梦倒好，她干脆就说，“每个人都是自己独立世界的王者”！

我觉得我简直经历了一次灵魂震撼之旅，当我把这种感觉告诉晓梦，她说：“是你自己震撼了自己。如果你的内心没有这些东西，我无法震撼你。”

好聪明的女人啊，我愿从此视她为知己。

Chapter 9

韩斌：男人有很多种

One

我，韩斌，一位被前女友杀回马枪的苦恼男人，在长沙一家名为“海食上”的餐厅等美女律师杜红雨——我的现任女友的姑姑，一起晚餐。

论理，我应该跟着杜鹃叫她姑姑才对，可我一点都不习惯这么叫，每次都喜欢称呼她杜律师，她比我大不了几岁，智商相当高。我喜欢和聪明人打交道。

私底下杜鹃告诉过我，说杜红雨的老公有外遇。我不是很清楚他们夫妻之间究竟怎么回事，至少外表看起来，甚至在我们这些比较亲近的人看起来，他们夫妻俩的关系是非常和谐的。男人，怎么说呢，男人有很多种，有的男人精力旺盛，天生花心；也有的男人只有一根筋，爱一个人就会爱到底。我知道自己不是个花心的男人，我对花心没有兴趣。爱一个人，就要好好爱她。真心实意爱一个人，会给对方最大的安全感，也给自己最深刻的幸福感。我不是在标榜我自己，我说的是事实。对于我这种做任何事都习惯专注的人而言，如果同时爱几个人，就像把自己的心分成几份，会有分裂感。

我爱杜鹃。一个这么美好的女人，已经可以满足我对爱情、对女人的所有憧憬。我现在最关心的是我自己的事业。古人说，三十而立，我已经到了“立”的时候了。其实当老师有当老师的乐趣，把学生培养出来，桃李满天下，一样很有成就感。不过，我必须把目光放长远一些。杜鹃这么优秀，迟早会像她姑姑一样成为成功人士，一天到晚和精英人物打交道，出入高级场所，拥有丰厚的物质生活和高端的精神陶冶，每天都会有进步。我要和杜鹃共同成长，否则，我就不配做她最心爱的男人。

杨莹莹上午打来电话，说晚上要请我吃饭，当我回答有事的时候，她显然有些生气：“你是真有事还是故意回避我？”

“真有事。”

“什么事？那么重要？”

“已经有人约我吃饭。”

“什么人？”

我简直不耐烦了。这个杨莹莹，如此来逼问我，她以为自己是谁？难道她觉得她现在还是我的女朋友？我耐着性子回答：“我女朋友的姑姑。”

她哦了一声，然后酸酸地说：“连你女朋友的姑姑都比我重要吗？”

我很想对她说，在我的生命里，也许她曾经极为重要，但是现在，她已经一点都不重要了。当然，这种话，我不会真的说出口，我只是沉默。

她再说：“那我们什么时候见面？”

我故意气她道：“见面有什么意义呢？你什么都不跟我说。”

她叹口气：“恰当的时候，我会把一切都告诉你的。”

我敷衍道：“好吧！再联系。”

一个男人不再爱一个女人的时候，他就会敷衍她。没有承诺，只有敷衍。

和杜红雨一起来的，还有另外一个年轻女人，我注意到这个睫毛长长的美女穿着高得惊人的高跟鞋，简直走路都要扶着杜红雨才走得动，这不是自己找罪受?

杜红雨向我介绍这位美女，说她叫刘雨蝶，在长沙做教育公司，用老师、学生“一对一个性化教学”等创新的教学方式对中小学生进行教育。她们两人是湖南大学 EMBA 班的同学。参加这种班的基本上都是所谓的社会精英，什么公司老总、政府官员之类，彼此之间年龄差距很大。刘雨蝶比杜红雨小了好几岁，但她们俩很投缘，是非常要好的姐妹。

杜红雨一做完介绍就把我晾在一边，两个女人开始打口水仗，她们已经有个把月没见面了。

“红雨姐，告诉你一个好消息，我的教育公司最近获得两个亿的融资，打算做一所实行全日制一对一教育的学校。”

“融资渠道从哪里来?什么人投资的?”

“一位以前做房地产最近才涉足教育的老总。”

“是个帅哥吧?”

“对，是个帅哥，姓宋，一个成功的七零后，可能年龄跟你差不多大，我们是在北京开会认识的。”

“雨蝶，你太有魅力了，老是‘秒杀’男人，哈哈!”杜红雨笑得花枝乱颤，我很少看到她这么开心。

我听到“秒杀”这个词，也微笑起来。看来杜红雨对网络丝毫也不陌生，还很时尚，因为“秒杀”是一个网络用语，意思是瞬间击杀，表示威力强大。

“红雨姐过奖啦，我哪有什么秒杀男人的魅力。在北京开会开了好几天呢!”

“那就是‘天杀’，只要那么几天就能搞定一个男人。”杜红雨说完自己刚刚发明的“天杀”两个字，更是笑得前仰后合，刘雨蝶也大笑。我这个在一边听的人，也差点把嘴里的一口茶喷了出来。

刘雨蝶揶揄道：“红雨姐看来你自己也是‘天杀’类型的吧？”

杜红雨笑道：“我这个人，需要用一生来征服一个男人，而且我只需要一个男人，可以简称‘生杀’。唉，算了算了，换个话题吧，说来说去老喜欢说到男人。”

我微笑，秒杀、天杀、生杀，这两个女人，真是太有创造力了。

刘雨蝶说：“女人在一起，不说男人说什么？”她看我一眼，“就像男人在一起，不也口口声声说起女人。早就有人总结了，男人通过征服世界来征服女人，女人通过征服男人来征服世界。所以，男人和女人互为永恒的话题。”

“是啊，看来你通过征服男人征服了一个世界，传授一下征服男人的经验看看。”杜红雨继续开玩笑。

“我征服男人的经验是用惨痛的教训换来的，是用我自己婚姻的失败换来的。以前，我从不打扮，甚至出门都不梳头，化妆对我来说那是发生在其他星球上的事；以前，我从不穿高跟鞋，老是穿着平底的便鞋，我的前夫很嫌弃我，从来不敢把我带到他同事面前承认我是他老婆。现在我终于觉醒，女人想要征服男人，得有三个法宝，一是漂亮，二是温柔，三是聪明。而且，这三个法宝要同时具备。”

我听到她这番话时，突然明白了她为什么要穿那么高的高跟鞋，因为这是一种补偿心理。

作为一名老师，我是学过教育心理学的，从心理学的角度来说，一个人对自己某方面产生自卑感的时候，他会变得特别在意自己这方面的缺陷，会想方设法弥补其中的不足，以求得心理的平衡。比如说矮个子偏喜欢找个子很高的人做伴侣；比如说得过肝炎的人会特别注意饮食卫生，到了苛求的地步；而刘雨蝶因为以前不穿高跟鞋老公不喜欢，她现在就喜欢穿那种跟特别高的鞋子，连自己行走不便都在所不惜。

“看来想要征服男人，我这辈子希望不大了，我从来就不温柔。”杜红雨笑道。

“你是要好好改变一下，你经常就像个‘男人婆’，哦，现在流行说‘女汉子’。”

“你这小妞，少在这里恃宠生娇，竟然敢说我坏话，小心我不客气。我不是男人，可不会怜香惜玉。”杜红雨拿筷子作势敲了一下刘雨蝶的头。

“饶命！”

这两个女人，就足够唱一台戏了。

听她们不着边际地聊天，我突然产生了一个能够改变我的现状的念头。

Two

我完全可以像刘雨蝶一样开一家教育公司，而且，我开教育公司，资源比一般人好得多，要老师有老师，要学生有学生。这个念头一起，就在我头脑里如同星火燎原一样，一发不可收拾。我觉得自己突然之间热血沸腾起来，我决定开始做相关的准备，甚至这次来自各地州市的老师都要尽可能多认识几个，跟他们交朋友，以后肯定可以资源共享。

“海食上”是一家以海鲜为主的酒楼，但也有湘菜，各类菜肴做得非常精致。我们三个人要了一瓶红酒，点了花螺及几样下酒的湘菜，大家吃吃喝喝，时间过得也快。

吃完饭，刘雨蝶拿出随身携带的化妆包，开始补妆，她边描口红边对杜红雨说：“女人要学会欺骗这个世界。”

杜红雨一下子没反应过来，问：“欺骗？什么意思？”

刘雨蝶左顾右盼看着镜子里的自己说："我说的是化妆，但不只是说化妆。以前，当我从不化妆，对这个世界坦露我的真实的时候，世界对我很冷漠；现在，当我对这世界虚假，世界却对我热情似火。"

杜红雨哈地笑起来。

刘雨蝶认真地说："红雨姐，我说的是真的。就像你吧，虽然你天生丽质，本来就是美女，可是如果你化化妆，我相信你肯定可以取得比现在更大的成功。"

杜红雨笑笑道："你的话很有哲理。不过，化不化妆，这是个人的兴趣，我对化妆实在是提不起干劲。要成功，好好把自己的业务做得精益求精，就行了。"

我再仔细打量刘雨蝶，说实话，化妆过后的她突出了自己的优点，是显得有些娇俏可人。她的眼睛不算大，但睫毛很长，鼻子也还挺，不过，如果她不化妆，可能真就是个平平常常的女子，化妆确实给她增添了魅力。

刘雨蝶突然问杜红雨："红雨姐，你做过上市公司的法律业务吗？"

"当然做过，上市公司业务是我的看家本领，我还是几家上市公司的法律顾问呢。"

"那太好了！我们打算用两到三年时间把公司做成一家上市公司，到时候法律事务就全都交给你了。"

"没问题！"

"你们怎么收费？"

"这要根据你们公司的具体情况，看涉及的法律事务是否复杂。有的公司它有一系列问题，又是债转股，又是改制，又是并购，情况相当错综复杂。"

"我们公司的情况非常简单。你告诉我一个上市法律业务的大概收费标准，我好心中有数。"

“大概是五十万到一百万之间，弹性比较大。到时候我会把把关的，对于你的公司，我给你最优惠的价格。”

“我们之间是姊妹，我不担心你多收，这都有市场行情的。我只是想先打听清楚，到时候心里有数，也好向宋总汇报。”

“看不出你做事还这么用心。好，这个事我们就这样说定了。”

看到杜红雨轻轻松松又找到了一个潜在的业务，我由衷地佩服她。

吃完饭我就和她们道别了，我想回去早点和我的同行们做些交流，哪怕打打牌、聊聊天，也是增进感情。

提着杜鹃带给我的一大包东西，我觉得非常甜蜜。被人如此贴心地爱着，是幸福的。我给她打了一个极其肉麻的电话，把她哄得心花怒放。

还在路上，我收到了杨莹莹的短信：“如果吃完饭你们没活动，就给我打电话。”

她是什么意思呢？难道是要把我拖上床，重温旧梦？我不由得浮想联翩。

说实话，我也不是完全不动心，可是，杨莹莹的性格我清楚，如果我和她有什么事，万一她到时候铁了心非要跟我结婚，打到林邑去跟杜鹃摊牌，那怎么办？我不是怕杜鹃非她对手，而是，我居然舍不得让杜鹃难堪。在这一瞬间，我突然明白我对杜鹃的感情已经深刻到了我自己都没有觉察的地步。

何况杨莹莹现在究竟是个什么情况我还不清楚，跟她见面的事，拖一拖再说吧，我现在要尽量躲着她。于是，我回短信说：“今晚没空，真对不起。”

我还真不知道这十来天，杨莹莹还会用什么新招数，我无法预料我能否顺利见招拆招。老天爷保佑，但愿我别“败”倒在她的石榴裙下。

Chapter 10

杜子归：官二代带来的意外感觉

One

我，杜子归，约了所里的一位律师一起，去会见被关押在看守所的龚晓骏。

会见犯罪嫌疑人，一般要求两个人在场，这一方面是司法部门的要求，另一方面是一种从业经验。因为有两个人在，万一发生什么事情，可以相互援助、彼此做证，规避一些不必要的风险。有位资深律师曾经有过一次不愉快的经验。有一次，这位律师通过特殊渠道得以单独去会见犯罪嫌疑人，结果那个犯罪嫌疑人第二天就企图自杀。看守所追究责任，怀疑犯人自杀跟律师有关，幸亏这个律师当时带了录音笔，他们的整个交谈过程从头到尾都录了音，这才摆脱干系。

正要出发时，我接到了蓝蓝的电话，她开口就说："杜鹃，你快到我家里来，我这个家闹鬼了！"

她的声音有些气急败坏，我让她不要着急，慢慢说，她说有个不认识的男人撬开她的家门，声称房子是他的。

我知道她刚刚买了套二手房。其实她买房的时候，我提醒过她，一定要确认房子是没有问题的，比如，质量没问题、产权明晰、环境不错等，最重要的是要确保房子没有产权纠纷才行，不然，二手房很容易有麻烦。她当时回答说应该没问题，中介公司信誓旦旦地保证房子是没有瑕疵的。可是现在，问题来了。

我让她冷静下来，好好说话。

她说："我今天中午下班之后，约了个同事一起在外面吃饭，然后我请同事陪我回家拿样东西，一到家门口，就发现锁被撬开了，门是打开的，一个瘦瘦的男人在我家里不客气地盯着我说，这房子是他的。我简直蒙了，我说我才买的房子，怎么会是他的呢？他说他才从外地回来，用钥匙开门，发现锁被换了，他就找人把锁撬了。我问他究竟怎么回事，他说他还要问我是怎么回事呢！后来，我让他告诉我实情，他说，很可能是他老婆跟他闹离婚，不跟他商量，赌气把房子卖了。我说你跟你老婆之间的事我管不了，反正这房子现在是我的，我首付了二十万，按揭手续、过户手续都办了，房产证是我的名字，这房子现在归我了，可是那个人还是赖着不走。杜鹃，你说，我该怎么办？"

我说："你告诉他，请他恢复原状，给你换一把锁，然后离开，自己找他老婆去问清楚。如果他不听，你就打 110 报警。你的同事还在吗？"

蓝蓝都快哭起来了，她说："我同事还在。幸亏有同事在，不然，吓死人。杜鹃，你也过来帮我一下嘛！我真的不知道该怎么办。"

"可是现在不行，我跟看守所约好了，要去会见一个犯罪嫌疑人。这样吧，你先跟那个人友好协商，实在不行，你就报警，而且你说报警也是为了心平气和地解决问题。千万不要激化矛盾，那样你会吃亏的。就算我现在过去，我能做的，也只是帮你报警。你先顶一顶，让你同事陪着你，我这边的事办好之后，我会尽快去找你。"

我非常不忍心，可是，我也没办法，只能狠狠心，先去做对我而言更重要的事。毕竟，蓝蓝有同事陪着，安全应该是有保障的。否则，如果她孤身一人，我就只能先去陪她，另找时间去看守所了。等下再去安慰她，再去帮她想办法吧。

我终于见到了龚晓骏。

这个“官二代”兼“富二代”的龚晓骏，给我带来了好几个意外。

首先让我觉得意外的是他的表情。

当龚晓骏出现在铁窗里的时候，我第一眼看到他，就吃了一惊。

这是我办的第一个刑事案件，我本以为我要见到的犯罪嫌疑人一定是垂头丧气的，惶惶如丧家之犬，精神萎靡不振，然而龚晓骏完全不是这样。他的表情相当平静，虽然穿着囚服，但他给人的感觉非常清爽整洁，仿佛他是住在某家宾馆里，而我不过是他的一位不见得受欢迎的朋友，是一位不速之客。一个十七岁的少年，居然在看守所里表现得如此平静，这实在是超出我的意料。

然后，他的表现也让我意外。

他出现之后，坐在那里，一言不发。

我说：“龚晓骏，你好，我是杜子归律师，受你父亲的委托，来当你的辩护律师。如果你愿意接受我为你辩护，请在这份授权委托书上签字。”

我边说边把手伸进铁栏杆，将授权委托书递给他。然而他只是漠然看我一眼，不作声，也不伸手接那份授权委托书。

这让我有些不知所措，因为很少有人拒绝我。而现在，他是在拒绝我，还是拒绝他生活中出现的所有人和事?

气氛非常尴尬，我必须想出我和他之间破冰的办法。

Two

我边收回授权委托书，边对他说："龚晓骏，我大概了解你的案子，起诉书指控你和一伙人共同盗窃，其他的人都参与过好几次盗窃行动，但你只参与了一次。不过，你参与的那一次，盗窃的是一部比较名贵的车，总价值符合数额特别巨大的标准。也就是说，如果这个罪名成立，你将在监狱里待十年以上。如果真的在监狱里待十年，那会是什么后果，我想你是清楚的。你的具体情况，也就是说你在这个盗窃案中充当的究竟是什么角色，我并不了解，如果你愿意配合，把情况说清楚，我想，这对你是有利的，因为律师的职责就是维护当事人的合法权益。当然，如果你要自暴自弃，什么也不说，那是你自己的事。如果不得不放弃为你辩护，我会感到很遗憾。"

事实上，龚晓骏未满十八岁，是未成年人，就算他真的参与了，也会从轻甚至减轻处罚，但他如此拒绝我，我有意忽略对他有利的信息。

龚晓骏呆了呆，他突然大声说："我根本没有参与盗窃，我是被冤枉的！"

这太让人意外了，我的精神为之一振，我和我的同事交换了一个眼神。我不知道是什么让他决定开口，估计可能别人没有告诉过他，他具体会承担什么法律后果，比如说，要坐牢坐十年以上。

我马上拿出律师事务所材料纸，用心做会见笔录。

飞快地写好时间、地点及会见人姓名等常规事项，我开始提问："你说你是被冤枉的，这是怎么回事？"

龚晓骏回答："那天晚上，我记得是六月二十号晚上，我跟他们几个人在一起玩，他们说要去做一笔大买卖，要好好商量一下。我不知道他们究竟是什么意思，也不感兴趣，一直在一边玩电脑游戏。后来他们要我一起去，我不想去，可他们拼命把我往外拉，我突然产生了好奇心，想看看他们是在干什么，也就决定跟他们一起走。走到一个巷子口，他们让我站在门口看着，说是如果有人来了，就吹口哨。我觉得很怀疑，就故意说：'我不会吹口哨！'但我一时没处可去，也就站在那里没动。而且，说实话，我确实想看看他们究竟在搞什么名堂。过了十几分钟，也可能没有十几分钟，这个我记不太清了，我只是觉得过了好一阵子，他们突然开着车子从巷子里面出来，而且慌慌张张要我上车，说有人会来追他们，我一下子没反应过来，有人向我伸出手，我没多想，就拉住那只手，也急急忙忙上了他们的车。后来车子拼命往前开，到了一个地方，他们把车子停下来加油。重新发动车子以后，我听他们说有人追过来了，我就觉得事情不妙，才开始怀疑他们是不是偷车。然后，我就被抓到看守所里来了。"

我又问："这些情况你以前讲过吗？"

龚晓骏回答："我没跟任何人说过，我一直没开过口。"

我皱眉问道："为什么不开口呢？警察问你的时候，难道你都没开过口？"

龚晓骏说："一直没有。我讨厌所有的人。而且，我想看看究竟会发生什么事情。"

我再问："上次你爸爸来看你，难道连你爸爸你都不愿意跟他说真话？"

龚晓骏回答："我恨他。如果不是因为我有一个这样的爸爸，我这辈子不会变成这个样子，我也不可能有机会被关到这种地方来。"

其实龚晓骏说的关于他爸爸的话，可以说与本案无关，而且会涉及当事人的隐私，我决定下面的内容不再做记录。

我继续问："龚晓骏，为什么你会这么恨你爸爸？在别人眼里，你爸爸是非常值得尊敬的，他吃过很多苦，付出过很多努力，也为社会做出过很多贡献，为什么你却那么恨他？"

"我恨他这么多年来一直欺负我和我妈妈，我恨不得把我自己身上的血通通放光，然后输进别人的新鲜血液。我不愿意承认他是我爸爸！"

我无言地瞪着他。看来，这个少年对父亲的仇恨已经到了让自己灵魂扭曲的地步。他的父亲，龚鹏程，应该没有糟糕到他所谴责的这么严重的地步。而且事情发生之后，那位父亲放下自己的架子甚至尊严，一次又一次跟他道歉，难道，这个少年心中的仇恨就那么难以化解吗？

算了，这对父子的爱恨情仇现在不是问题的重点。这个案子的重点是，如果龚晓骏所说的是实话，那么，他确实跟这个盗窃案关系不大，他是无罪的。可是，证据呢？哪些证据是对他有利的？他毕竟是跟那一伙人一起被抓获的，他毕竟是以帮他们望风的从犯形象出现的。他以前跟任何人都不说话，不把事实澄清，这对他是很不利的。更何况，连我也不知道他说的究竟是不是真话。姑姑早就告诉过我，她说会见犯罪嫌疑人的时候要特别小心，不能轻信，因为有的犯罪嫌疑人为了开脱自己的罪责，会故意撒谎骗人，混淆是非。

那么，这个龚晓骏，他说的话到底是不是真的呢？我要赶紧去法院调取其他同案犯的供词，验证龚晓骏所说的是不是真话。另外，周末我准备去长沙，到时候再见见龚鹏程，把龚晓骏的话告诉他，看会不会有什么新的突破。

当我再次要求龚晓骏在授权委托书上签字的时候，他照办了。而且，我让他配合，用手机给他拍了张照片。这也是姑姑告诉我的经验，她说如果有必要，可以把犯罪嫌疑人的照片拿给委托人看，证明律师正逐步开展自己的工作。

我已经对这个案子胸有成竹。

Three

会见结束，我的心思马上就飞了，飞到了长沙。韩斌，我最心爱的人，过几天就能见到你了。此刻，我多么希望你就在我身边，我可以腻在你的怀里，耍赖、撒娇、任性、捶你、咬你，想怎么样就怎么样。

我收回想念韩斌的心思，跟同事道别之后，急忙往蓝蓝家里赶。

这位美女，真是够倒霉的。其实二手房并非都有问题，只是说，有问题的可能性会更大，因为，人不可能无缘无故卖掉自己住得好好的房子，如果要把房子卖掉，这其中肯定有原因，有的是正常原因，比如说，到外地发展、有了更好的居所；还有的就是非正常原因了，比如说，可能房屋质量有问题、周边环境有问题、产权纠纷有问题。稀奇古怪的事多了，而蓝蓝碰到的就是有产权纠纷的问题房屋。

房门大开着，有警察正在做讯问笔录，看情形，已经做得差不多了。

蓝蓝看到我仿佛见到救星一般，激动地一把将我抱住了。

我掰开她的手，看看那个男人，他三十岁左右，很瘦，脸上一直浮现着奇怪的笑容。其实他根本没笑，可能是平常养成了笑的习惯，即使不笑的时候，眉毛也扬着，脸上的表情也像在笑。

我说：“究竟是怎么回事？”

蓝蓝又讲了一遍事情经过，跟她在电话里描述的情况差不多。

我对那个男人说："这位先生，怎么称呼你？"

他闷闷地说："我姓王。"

蓝蓝补充道："他叫王军。"

我点点头，带着笑容说："王军先生，你也听到了，她现在才是这房子真正的主人。有什么问题，恐怕你要去找你老婆问清楚，请不要再占用我朋友的私人时间。警察同志也在这里，大家都要做守法的好公民。"

那位警察点点头，对我的话表示认同。

那个男人大叫着说："那我怎么办？这明明是我的房子！"

我说："只能说，这房子可能以前是你和你妻子的房子，但是，现在你妻子未经你允许，自作主张已经把房子卖了，你只能找她去。这是你们两个人之间的事，和我的朋友无关。当然，如果你实在舍不得这套房子，你可以跟我的朋友协商，你拿钱来，至于拿多少，要由你们重新协商，协商一致，我的朋友再考虑把房子退还给你。而且，由此产生的额外费用，完全要由你来承担。否则的话，对不起，你可以离开了。"

那位警察也说："我看了她的买房合同、房产证，这房子现在确实是这位美女的，我看你还是找你老婆去问情况吧！"

我看着这个男人的表情，估计是他跟他老婆矛盾很深。不然，没哪个女人会擅自做出这种事，换了锁，卖了房子都不让老公知道。

看着他又痛苦又无奈的样子，我有些于心不忍，于是说："我是一名律师，可以告诉你一个解决问题的方法，你可以考虑用法律途径解决这个问题。如果这套房子是你和你妻子的共同财产，然后你妻子卖这房子的事你完全不知情，你可以去法院起诉，把你老婆和中介公司列为被告，请求撤销这次房屋交易，或者让他们赔偿你的损失。不过，法院不一定做出撤销判决。毕竟，很可能中介公司完全不知情，我这位朋友肯定是不知情的，不然她绝对不会买你们这套房子。而且，法庭上，这件事情也可以调解，看到时候是什么情况。总之，你一直在这房子里也没用。何况，现在的房主也不会同意，你自己快去想办法吧，反正这房子也不会飞走。”

警察也在要求那个男人离开。他无可奈何，在房子里四处看了看，并没有他的私人物品，他于是跺跺脚，往外走。走到门口，又回头对着我们所有人悻悻地说：“我自己的房子，我不会就这么拱手送人！”

蓝蓝毫不含糊地说：“什么叫拱手送人？我自己花钱买的，谁要你送了？”

王军瞪了蓝蓝一眼，没再作声，恨恨地走了。

我安慰蓝蓝道：“事情可能有些麻烦，可是，既然你遇到了这种事，那没办法，打起精神面对吧！我会尽可能帮你。”

蓝蓝连呼倒霉。

Chapter 11

顾凯：婚姻是男人的外壳

One

“女人的地狱是晚年。”

赫然写在法国思想家拉罗什福科《道德箴言录》中的这句话让我的目光久久停留。我，顾凯，把这句话琢磨了很久。

不过，如果杜红雨看到这样的句子，她很可能会嗤之以鼻。当然，她是有资格不把这句话放在眼里的女人。这位颇有名气的美女律师，我的老婆大人，马上就四十岁了，但我知道她的身边仍有不少欣赏她、倾慕她的男人。当然，我对她是比较放心的，因为她是一个外表叛逆而骨子里极其传统的女人，我确信她绝对不是一个把男女关系看得很随便的人。

如果杜红雨真的跟哪个除我之外的男人上床，要么就是爱上了别人；要么，很可能是为了报复我。这两种情况都存在可能性，但问题不会太严重。一个女人，如果心里爱着一个人，一般情况下是不太可能再去接受别人的，我知道她对我依旧一往情深，不太可能在别的男人身上用太多心思；至于报复，怎么说呢，如果她真要报复我，我无话可说。不过，我相信她不会那么愚蠢。其实男女之间如果排除感情因素发生性爱关系，吃亏的确实是女人。因为女人要承担更大的风险，怀孕、思想压力、道德压力，可想而知，都不是什么让人愉快的经验。一个聪明的女人，若非另有所图，另有所想，绝对不会根本不爱一个人，却糊里糊涂跟人上床。

我跟其他女人的事情，她知道得不少，只是，她很聪明，一直不跟我说破。说破了有什么好处呢？彼此会很尴尬的。

“女人的地狱是晚年”，这个话，我听着都觉得有些耸人听闻，杜红雨就更加会不以为然了。她肯定会拿法国有名的女小说家杜拉斯的爱情经历来反驳这句话。这两个女人姓名里都有一个“杜”，一个多么有意思的巧合。

喜欢杜拉斯的杜红雨曾经振振有词地讲述一个典故：杜拉斯七十岁的时候，还经历了她人生中的最后一场爱情，尽管当杜拉斯带着她的不到三十岁的年轻情人抛头露面时，有记者提问：“这该是您的最后一次爱情了吧？”她笑着回答：“我怎么知道呢？”这场著名的老妇少男恋持续了十六年，直到八十多岁的杜拉斯离开这个世界，全世界知道她的人终于可以说，这确实是她的最后一次爱情。

杜红雨有着极好的口才，能言善辩，一般人肯定不是她的对手。作为她的老公，我太了解这一点了。

好，不管杜红雨认不认这个账，对于大多数女人来说，晚年、年龄越来越大，确实是她们的地狱。

关于女人，目前我们这个社会公认的一条法则是，年轻漂亮才是女人最大的资本。如果有朝一日你不年轻、不漂亮了，又没有财富、才华等其他资本，那么，完全没有资本的人生活在这个物质化、现实化的社会里，确实跟下地狱差不多。所以，聪明的女人，年轻的时候有青春资本；不年轻了，也要努力让自己拥有其他的不可替代的资本，才能一辈子都生活在天堂里，至少生活在人间，而不是要下地狱。

那么，男人的地狱是什么？相对年龄的增长，最让男人恐惧的是没有自己的事业、资产，是人生失意、失败。

我顾凯的人生不算失败，好歹，我是个县处级机关的一把手，是一位举足轻重的局长，手里有相当的实权。在一个小城市里，我手里的这点实权足以让我在方方面面游刃有余。林虹之所以爱上我，不完全因为这个因素，但也不能彻底排除这个因素。

我觉得自己是个对人生看得比较通透的人。我掌管着这个行政区内举足轻重的一些事务，有一次，一个矿井发生事故，是地下水渗漏，当时有十三名矿工正在井底生产。事故发生之后，我带着下属和相关部门的领导，还有几位专家，第一时间赶到事故现场。不分白天黑夜在现场坚守着，十个小时之后，三名矿工被解救出来；十天之后，确认其余的十名矿工全部遇难。

一共十具尸体！当我亲眼看着尸体一具具被抬出来时，我全身的肌肉变得紧绷，对人生产生一种不可救药的幻灭感。人生一世，你真的不知道你的生命会在什么时候结束，好好做人，好好谋事，也学会及时行乐吧，永远不要跟自己过不去。

那次事故处理，我也是现场负责人之一，连续三天两夜没有睡觉，嗓子都差点儿失声。

男人，是真的很累，幸亏我的家庭不需要我太过操心。

我和杜红雨其实算得上是一对恩爱的夫妻。我们的性生活质量很高，两个人的事业都相当不错，因此在一起有很多共同语言，我们的精神简直可以互相引领；我们的孩子，也相当优秀。也就是说，这简直是一个无可挑剔的家庭。

当然，话说回来，作为一个比较强势的女人，杜红雨有时候也会任性得让我有些恼火。每次她不讲道理的时候，我往往采取置之不理的态度。当她自己想通了，回心转意的时候，我会特别温柔地对待她，让她明白我在她生命中其实是非常重要的。当然，偶尔她真伤心了，我也会给她台阶下，主动示好。总之，我们这对夫妻，确实是不可多得的相处得比较融洽的一对。不管是在外人眼里，还是在我们自己心目中，我们都是幸福的。

尽管如此，我还是爱上了杜红雨之外的女人，先后有过三四个，尤其对樊影和林虹，我是真心地爱上了她们。我相信男人可以同时爱上多个女人，至于那些逢场作戏的风流韵事，一夜情也好，多夜情也好，不值得一提。

也许会有人说我这种想法很可耻，那我只能说，因为他不是我，因为他不了解我的思想、我的人生经历，以及我面临的情景。

我需要为自己辩护。

Two

如果说我爱樊影是因为她的才华，那么，我爱林虹，就是因为她的乖巧可人了。我是在一年前那场大病中认识林虹的，其实我一直是个非常健康的男人，精力旺盛，但也正因为这样，不生病则已，一倒下去就是大病。

我居然突发心脏病，幸亏发现得早，而且及时治疗，我渡过了难关。

那段时间我住在老干高级病房里，是个单间，林虹是我的特别护士。这个二十几岁的年轻女孩儿，足足比我小了十五岁。我不知道她为什么会爱上我，又怎么会那么贴心贴肺。

杜红雨很忙，我病情最危险的时候，她常常到医院陪我，等我病情一缓解下来，她就又忙自己的事情去了。于是林虹特别关心我，她经常在自己租来的小屋子里给我熬鸡汤、鸽子汤，端到病房里来，而她对我的特殊好感，让我无法拒绝。

人在脆弱的时候，特别容易爱上那个关心、照顾他的人，男人、女人都是如此。林虹那么年轻，长得又清秀可人，而且，她的声音温柔甜美，很让人动心。当她义无反顾地扑到我怀里的时候，我根本没有力量把她推开。后来我才渐渐知道，她是个可怜的孩子，七岁的时候，她的父亲死于一个意外事故，母亲自此忧郁成疾，身体一直不太好。林虹长大后，就一直喜欢成熟的男人。我想，她那么依恋我，也许是把我当成了她的精神父亲。

我和她就在医院的病房里发生了关系，分不清谁主动谁被动，反正，一天夜里，我们两个人互相看着对方，看着看着，就抱在一起，整个晚上再也没有分开过。

后来出院，我给她买了套小户型房子，我们经常在那里幽会。

林虹是个勤劳贤惠的女子，每次我去看她，她都把我照顾得非常舒服，好饭好菜地招待我不说，连皮鞋都给我擦得亮亮的。这样细致的呵护，是我在杜红雨面前享受不到的。当然，我并不是指责杜红雨，她也确实不容易。一个女人在事业上很优秀，她很难同时兼顾家庭。

当我享受着林虹的爱情的时候，我是有犯罪感的。我能给她一个什么样的未来？我是不可能离婚娶她的，这一点我一开始就明确地告诉过她。

林虹起初表现得非常乖巧，从不主动打我的电话，顶多发发短信，告诉我她有多么想我，多么爱我。但是渐渐地，她有些歇斯底里起来，她一下班就找我，动不动就打电话叫我去陪她。

难道这也是男人和女人的区别？林虹爱我，就会时时刻刻把我放在心里，要跟我保持联系；而我也爱林虹，不和她在一起的时候，也会想到她，但绝对不会牵肠挂肚地放不下。

我的工作很忙，加上，毕竟我要把相当的精力放在家里。杜红雨是个敏感的女人，而且，我也不想让她太失落。如果有时间，我会尽可能多陪儿子和杜红雨。

林虹非要我陪她喝酒，她居然把我灌醉了。我挣扎着回到家，她还是不停地打我的电话，我不停地摁掉，然后，我倒在床上就睡着了。

那几天，杜红雨看我的眼神怪怪的，好像充满了怨恨。她居然有一个晚上夜不归宿，而且不给我任何解释。当然，她偶尔如此，我也不想追究，我相信她有她的理由，她有她的尺度。不过，我怀疑她知道了林虹的事。

可杜红雨不提，我也不会主动说破。而且，我还拿出了实际行动表示了我对家庭的诚意，给她做早餐啦，用更多的时间陪儿子啦。

杜红雨是个聪明的女人，她应该不会任性地一定要去摧毁我们这个本来很幸福的家庭。

应该是不会的。

即使她执意要这样做，我也没有太多好担心的。

Three

如果杜红雨要任性，要一意孤行，结果很简单，那就是离婚。这年头，离婚已经不是什么大不了的事，正常的离婚也不会过于影响一个人的政治前程。以杜红雨的性格，她也要面子，如果离婚，她绝对是不声不响，不可能到处去闹，自然是正常离婚。

当然，离婚也不是完全没负面影响，因为如果一个男人离婚，多多少少算是一处败笔，说明他连婚姻这样的小事都搞不定。会有人说，一个连自己老婆都搞不定的男人，能搞定什么?

婚姻是男人的外壳，而这外壳必须够坚固、够好看。

真正成功的男人一定是家庭、事业双丰收的。家里红旗不倒，家外彩旗飘飘，现在早已不是什么稀罕事。所以，一般情况下，一个男人并不会主动打算离婚，除非他面临的诱惑足够大。

其实离婚对我来说不会有太大的损失，孩子还是我的孩子；财产，我不在乎；妻子，可以换成一个更年轻、更贴心的妻子。所以，说实话，我不会害怕离婚，但我也不至于那么没良心，非要主动闹着去离婚。何况，我说了，杜红雨，其实是个不错的妻子。她用她最美好的青春岁月陪伴过我，人不能太无情，何况我对她确实还有感情。

尽管想得很清楚，我心里还是有点烦。人啊，一天到晚傻呵呵地乐很容易，一天到晚觉得痛苦也很容易。不容易的是，曾经非常痛苦，然后，把一切看得通通透透的，仍然能够快乐地生活，那就是一件不容易的事。

杜红雨昨天去了长沙，她只跟我说要出去散散心，我跟她开玩笑：“到了长沙好好玩一玩啊，找个帅哥陪你玩都行，没钱了我给你把钱打到卡里去。”换作平常，她准会哈哈一笑，可是这一次，她却沉了脸说：“你以为我们女人会像你们这些臭男人！”唉，我一番好心，她反倒上纲上线起来了，我讪讪地没再接她的话。唉，女人啊，女人啊，太不理解男人了。

目前最让我担心的是林虹。我一开始就告诉过她，我们不可能有婚姻，而她那时候答应得很痛快的，谁知现在这么来跟我纠缠不清。早知道她会这么苦苦纠缠，当初我不会招惹她。事实上，还真不是我招惹她。

这床，上去容易，要下来就难了。

更加棘手的事情是，林虹怀孕了，怪不得这阵子她动不动就发脾气。我得好好稳住林虹，千万不能发生什么乱了阵脚的事情。

通常男人、女人间的爱情，如果不能用婚姻来巩固，一般都很短，一年半载最多两年三年也就到头了，除非双方都非常用心地去维护，才可能更久。当然，也有那种可以相爱一辈子的情人，但这种情况，极其少有。天知道那些并没有结婚，却能爱一辈子的人，到底是怎么做到的。我和林虹的情况，很可能极其危险，她实在是太脆弱了。

知道林虹怀孕的那天晚上，我喝醉了，很可能杜红雨通过我的手机发现了林虹的存在。她已经好几天没怎么理我，连她在长沙这几天，都没主动给我打电话。换作以前，她出差在外的话，每天都会跟我保持联系。

明天她从长沙回来，会不会跟我说些什么？

Chapter 12

韩斌：过去的，就让它过去

One

早晨醒来，我，韩斌，刚把手机打开，杨莹莹的电话就进来了。她说她打了好多次电话，总算通了，然后说她一个通宵都没睡，决定今天跟我好好谈一谈，希望我马上出发，去她下榻的喜来登酒店找她。

我静静地听她说话，一时之间不知道该怎么反应。

“韩斌，你怎么啦？怎么不说话？心情不好吗？”

“噢，不是，没有心情不好，我只是还没清醒过来，我刚从梦里惊醒呢。”

“那你过来呀，我在房间等你。”

“啊，这个，我洗漱很慢，我把自己收拾好了再说。”

这样的情形让我头皮有些发麻。杨莹莹的用意，已经非常明显了，她似乎一直在诱惑我。她究竟想做什么？明明知道我有女朋友，也明明知道我们就要结婚了，还要我到酒店房间里去见她。孤男寡女，何况是一对有过旧情的男女，在酒店房间里会发生什么事情？她是什么意思还用费心去猜吗？可是，这是何苦呢？

作为一个男人，有个女人用心良苦地想诱惑自己，也许是一件值得沾沾自喜的事情。我不想标榜自己如何有责任心，如何是个有美女坐怀而不乱的君子，但我总觉得这里面有问题，甚至有陷阱。

说实话，我之所以如此刻意躲避杨莹莹，不见得因为我多么有君子风度，而是我顾虑太多。

如果我知道杨莹莹只是要跟我重温一下旧梦，也许我不见得一定会拒绝她，当然，也许会拒绝——我无法确定。对于一场不需要承担任何责任，也不用担心事情会败露的艳遇，没有几个男人有力量坚定地拒绝。不需要承担任何责任的偶尔放纵是绝大部分男人的梦想，问题是，我总觉得杨莹莹对我是另有所图的。她图我什么？我穷教书匠一个，要钱没钱，要权没权，她要图，只能图我这个人，难道图我当她的老公？如果换作以前，这是我希望的事；但现在，这是万万不行的，我已经答应这辈子要当杜鹃的老公。

“你可以过来洗漱嘛，我这里一切都是现成的！”杨莹莹有些不耐烦了。

定定神，我说：“这样吧，莹莹，我好久没有活动筋骨啦，这些天人都生锈了，等下你陪我一起去爬岳麓山，好不好？我马上找老师请假。”

杨莹莹撒娇说：“不行，人家头晕，不想去爬山，你过来嘛，我又不会吃了你！”

“那不行，如果你实在头晕，我们就改天再约。要么爬山，要么改天。”这一次我相当坚持。

她在电话里沉默了一阵，显然对我很不满，但最终她还是选择这次去爬山。

我跟培训老师请了一天假，那个老师非常不高兴，他训我说，如果大家都请假，就没必要办这个培训班了。我连连道歉，说这次确实是有要紧事，家里人病了，下不为例，这才得以脱身。

杨莹莹穿着全套“KAPPA”背靠背商标的运动装，连鞋子、袜子都是同一个品牌，站在岳麓山脚下的东方红广场毛泽东塑像旁等我。

我之所以知道这个品牌，是因为杜鹃也喜欢这个牌子。她说她最喜欢两个背靠背的图案，穿这样的衣服，感觉很好，似乎自己一直被爱情包围。我还特意给杜鹃买过这个牌子的两双鞋，小丫头喜欢得不得了。

我一走近，杨莹莹就给了我老大一个白眼，然后紧紧拽住我的胳膊。她这个动作，刹那让我有时光倒流的恍惚。当年，我们常常这样，她紧紧拽住我的胳膊，我们在学校附近的小山坡上四处游荡。

可惜现在，人不是，物也非啊!

爬到半山腰，我们找了个地方坐下来，杨莹莹的胳膊自始至终吊住我不放。

杨莹莹首先给我讲述了一番她在德国的经历:

“我低估了时间和空间的力量。如果时光倒流，回到八年前，我不会做这样的选择，不会一意孤行离开你跑到德国去。

“我的舅舅、舅妈是上个世纪八十年代的公派留学生，获得博士学位之后，他们觉得回国了也不见得有什么远大前程，干脆就留在德国自己创业。他们一直没有孩子，而我爸爸妈妈除了我，还有一个儿子，你知道我有一个弟弟，所以爸妈最后决定让我去德国继续读硕士，学成了再到舅舅、舅妈公司帮忙。但是当时他们的企业发展得并不好，资金不够充裕，所以当我提出来要你一起去德国的时候，我舅舅没有答应，他说我先过去，到时候再看情况。何况你也不想去，我就没有坚持。我相信用不了一年两年，就能把你接过去; 或者，如果情况不好，我就自己回来。

“可是人算不如天算。

“我在德国读书的时候，平常在学校里上课，一下课就到舅舅、舅妈的公司帮忙，本来不应该有什么意外情况。可是有一次，我一个人去一家饭店吃饭，结果有两个德国女孩儿，估计是两个问题少女，只有十五六岁，竟然莫名其妙地朝我碗里吐口水。其实我已经知道中国人在外面有时候会受气，但我没想到自己也会受到这样的侮辱。我气得发昏，厉声让她们道歉，结果她们两个人就动手打我。德国人人高马大的，我根本不是她们的对手，一下子就被她们打倒在地。这时候，从一开始就注意到我的德国青年人弗兰克帮了我，他把那两个小太妹赶走，然后送我回家。

“弗兰克比我大七岁，他们的家族企业做得比较大，有几个葡萄酒庄园，还有一个大型汽车修理厂。自从那次认识他，他就常常来找我，两个月以后，他就要求我做他的女朋友，他说他一直向往中国，我是他梦中的东方女郎。我承认，我也喜欢上了他，或者说，我可能是依赖他带给我的温暖。但是那时候，我心里爱的人一直是你。

“你不知道一个人到了异国他乡会有多么寂寞。那时候我一直给你写电子邮件，偶尔也给你打电话，可你总是爱理不理，也懒得回复我。我知道你恨我，不想理我，我自己也很后悔，每天晚上都哭，枕头这边哭湿了换成另一边，两边都打湿了，还在哭。弗兰克走进我的生活之后，我决定不再主动跟你联系。我对自己说，如果你愿意主动联系我，我就拒绝弗兰克，用心等你。可是，我不联系你，你也就再没找过我，你真是够绝情的。那个时候，如果你承诺等我，我一定不会接受弗兰克。现在说这些，已经没什么意义了。

“我把我们俩的故事告诉过弗兰克，他说，哪个年轻人没有几个故事。但是他知道我很爱你，于是，一直找种种借口不让我回国，因为他怕我一回来就会去找你，就会抛弃他，我的舅舅、舅妈也是无条件地站在弗兰克那一边。加上，说实话，当时我自己经济能力有限，他们不想让我回来，我就很难回来；而且，想想就算回来也不过是自己一厢情愿，也觉得无趣。

“后来，我和弗兰克结婚了。我故意不告诉你我结婚的事，也许我有一份私心，希望如果我和弗兰克感情不和，我还可以回头来找你。结婚之后我先后生了一男一女两个孩子，现在男孩儿五岁，女孩儿三岁。可是，就在半年前，弗兰克却在一次车祸中去世了。这对我来说，那是一段暗无天日的时期。我无法面对现实，孩子们还不懂事，一天到晚找我要爸爸，我哭得眼泪都要干了。弗兰克给我和两个孩子留下的遗产，折合成人民币，现金有三千多万，固定资产超过六千万。

“我觉得我是个没良心的女人，他去世之后，我马上就想到了你。

“我这次回来，是来看看你的情况，如果你还没有结婚，或者你结了婚，但是愿意为我离婚，我希望你能够和我一起去德国。当然，如果你愿意，我把所有家产变卖，回国来发展也可以，但前提是你答应跟我结婚。

“我知道我的这个想法太天真，可是，这确实是我的梦想。我知道你会有种种顾虑，我知道你可能不会原谅我，可能不会接受我，但我要尽全力试一试。这样，我这辈子就不会再觉得遗憾。之所以这些事情没有在见到你的那天就告诉你，是因为我希望能够先唤醒你内心对我的感情，那样，我会更有胜算。毕竟，我们曾经相爱过。如果你仍然愿意爱我，我想，我们可以过上非常幸福的生活。”

杨莹莹一口气把话说完了。她讲得那么流畅，以至于我猜她可能把这些话在心里事先对我预演过很多遍。我的脑海里立刻浮现出这样一幅画面，在一些夜里，在入睡前，她茫然地凝视某个地方，对着脑海里假想出来的我喃喃自语。

说实话，听了她这些年的经历以及她的想法，我很感动，也替她的悲惨遭遇感到难过，毕竟我们曾经相爱过。

可是，不知道为什么，对她所说的“我们可以过上非常幸福的生活”，我好像没有丝毫感觉，似乎她说的是一件跟我毫无关系的事。

Two

我只能说，一些人，一些事，过去了，也就过去了。

我庆幸自己没有糊里糊涂地跟她重温旧梦，不然，我的良心会受到谴责。一方面，我会觉得对不起杨莹莹；另一方面，我更会觉得自己对不起杜鹃。

我冷静地对杨莹莹说：“莹莹，谢谢你这么多年来一直记得我。可是，就像我当年说过的话一样，你离开的那一天，就是我失恋的第一天。我们之间的爱情已经是过去时，我不可能跟你去德国，就算你回来，我也不可能跟你结婚，因为我已经有结婚对象了。我自己曾经受伤过，不能再让她受伤。”

杨莹莹的脸一下子变得苍白，也许她事先抱的期望太高了。

是的，旧情人，几千万几乎近亿的资产，对许多人来说，都是具有致命吸引力的。可是，很遗憾，我，韩斌，不觉得那有多大的吸引力，我觉得杜鹃对我的吸引力比这些资产要大百倍千倍。

杨莹莹流下泪来，我有些手足无措，我很怕女人在我面前掉眼泪。

我手忙脚乱地给她拿餐巾纸，帮她擦眼泪，她哽咽着问：“你甚至不考虑一下，就一口拒绝我？”

我不语。

她再问：“你的女朋友，她那么有吸引力吗？对你来说，她那么重要吗？”

我还是不说话，但我心里在想："是的，对我而言，杜鹃才是这世界上最重要的人，她是我的心头至爱。"

她还是不放弃地问道："你是真的完全不给我机会吗？你是不是顾虑我有两个孩子？其实如果我们结婚，一样可以有属于我们的孩子，我们都还这么年轻。"

我摇头，说："莹莹，你别乱猜了。我的决定跟我现在的女朋友，跟你的孩子，没太大的关系。我们之间，早已结束。你走的那天，就已结束。当然，我不能说跟我女朋友完全没关系，如果没有她，如果我的身边没有爱人，也许我会考虑你的建议。但是，这些'如果'完全没有意义，我们需要考虑的是后果，我们必须面对现实，你知道我一直是一个很理性、很现实的男人。"

杨莹莹说："你真的现实吗？一个很现实的男人，怎么会不加考虑就拒绝可以分享几千万资产的机会？而且，我不是用金钱收买你，我只是想让你知道，我爱你，一直爱你。你也曾经爱过我，对吗？"

我挣扎着说："你难道不知道什么叫'过去'？我们相爱，那是过去的事。我现在爱着的，是另外一个人。"

杨莹莹突然大哭起来，简直是号啕大哭。这个时候，我反倒分外冷静。

我不出声，默默地帮她擦眼泪。

痛哭了二十多分钟，杨莹莹终于止住了哭泣，她说："你确实不爱我了，你已经心如铁石。"

我还是不语。

沉默了一阵，她说："我最后向你提一个要求，行吗？"

"只要是我能办到的，我一定尽力。"

"我想见见你的女朋友，我想看看，她是何方神圣，怎么会那么有吸引力？"

其实杨莹莹这个要求，我应该有所预料，应该说，这并不过分。一个人关心另一个人，总想了解他身边最亲近的人。

我说："这个要求，我不知道能不能满足你。因为你要见她，就得要她自己同意，对吗？我试一试，看能不能让她来长沙，不过我不会勉强她。到时候有了结果，我再告诉你。"

我不打算让杨莹莹去林邑。

杨莹莹的眼泪一直没干，不停地流着，她说："韩斌，我觉得我自己的内心好脆弱的，我动不动就会觉得痛苦，真希望有一天我能够变得内心强大起来，像你一样。"

我温柔地望着她，沉默不语，可是我的内心是有我自己的想法的。我个人认为，只有经历过不幸的女人，至少是幸福感缺乏的女人，才会考虑内心是否强大的问题，才会那么希望自己内心强大。内心强大，一般来说是男人的事。一个幸福的女人，即使她真的内心不够强大，她也不需要考虑自己的内心是否强大。像杜鹃这个丫头，一天到晚开心极了，就算她偶尔有什么烦心事，嘟着嘴巴找我撒娇抱怨一通，就什么事都没了，哪里需要考虑内心强不强大的问题？

但这个话我没说出来，不然，杨莹莹会觉得深受打击。

我在岳麓山顶陪杨莹莹吃过午餐，就跟她道别，提前回去参加下午的培训了。该说的，都已经说清楚，我已无心逗留。

杨莹莹趁我上洗手间的空当，抢着把单买了。

我答应她如果杜鹃肯来长沙，再给她打电话，让她见一见杜鹃。

我走的时候，杨莹莹死死拉住我的胳膊不放。又过了半个小时，我才终于离开她。

Chapter 13

杜子归：检验男人

One

我，杜子归，这两天抽空去法院查阅了龚晓骏盗窃案的案卷，其他同案犯所说的跟龚晓骏相关的话，只有一句："他负责望风。"

结合龚晓骏的陈述，他自己根本就不知道他望的是什么风，也不知道他们这一伙人是去偷车的。也就是说，龚晓骏可能确实不知情，他是被人利用的，是无罪的。他此前一直不肯开口，加上他所处的环境对他相当不利，简直是一种默认，当然无法洗清嫌疑。

我心里轻松了很多。

姑姑从长沙回来，我把案情跟她讲了一下，她也同意我的判断，认为龚晓骏无罪。

这个案子也算有点儿稀奇。一个无辜的人，居然什么也不肯说，宁愿待在看守所里被关几个月。龚晓骏究竟是怎么想的？就算他恨他的父亲，讨厌那些警察，但他不讨厌自由吧？不过，他在我面前终于说出自己是被冤枉的，多少还是一种正常的表现。我将全力以赴为他做无罪辩护，现在事实确凿，应该能够得到法庭的支持。

与此同时，那位闯入蓝蓝住宅的年轻男人王军提起了诉讼，他把他的妻子方晓晖以及蓝蓝和中介公司列为共同被告，请求撤销这次房屋交易。

蓝蓝请我当她的代理律师。亲兄弟明算账，我让她按最优惠的价格支付了六千元律师代理费。这个官司，我是有把握打赢的，不管房屋交易是否撤销，绝对可以维护蓝蓝的合法权益。

因为我国物权法以及民法通则司法解释都有明确规定，对于善意取得的财产，是受法律保护的。也就是说，虽然方晓晖无权处分他们的共有财产，但是，转让的房产已经登记，已经拿到产权证的蓝蓝是第三人，而且是善意、有偿取得这套房产的，应该维护她的合法权益。至于王军的损失，如果他们夫妻财产是分开的，算损失的话，要由他的妻子方晓晖赔偿，不过这是另外一回事；如果他们的财产一直没有分开过，这是他们夫妻之间的事。

法律事务是枯燥的，然而审这个案子的法官方威武一点都不枯燥，他是个帅哥，五官端正，口若悬河。我借跟他交流案子的机会旁敲侧击了解到他目前还是独身，顿时产生了某种灵感，如果有可能，案子结束之后，我在中间牵个线，让这位帅哥法官跟蓝蓝交个朋友，说不定可以把坏事变成好事，让他们成为一对。蓝蓝买套二手房遭到骚扰，但她因此找到男朋友，这不是现代版塞翁失马的故事吗?

想到这里，我不由得心中一阵窃喜。

好不容易等到周末，我的心已经飞到了长沙。前两天我已经在电话里问清了韩斌住的宾馆，连房间号都弄清楚了。

我当然不会傻到直接问他房号，我是这么说的：“让我猜猜看，你的房间号码尾数是不是 6？我知道 6 是你的吉祥号码呢。”

韩斌马上说：“这次不是，这次是 509。”

“哦，9 也很好，天长地久，对吧？”

“你这个小迷信。”

就这样。

我总觉得，一个人要学会用心思。直接问房间号，韩斌当然也会告诉我，可那多没意思啊！而且他会猜我是不是要去长沙找他。当然，如果是一个多心的人，我采取的问法也够让他多心了。但韩斌不多心，至少在我面前一点都不。

在去长沙的路上，我接到了韩斌的电话，我决定故意不告诉他再过几个小时我们就可以见面的事。

“小杜鹃，打算怎么过周末？”

“你抛弃我，没人要我了，我打算去找一个帅哥。”

“胆子不小啊，小心我回来揍扁你！”

“我才不怕呢！你还要那么久才回来，说不定等你回来，我找的帅哥会打扁你。”

“哎，宝贝，别废话了，我有个建议，你来长沙陪我过周末，好不好？我一个人在这里，好寂寞呢！你不怕别的女人把我抢走？”

“哈哈，能抢走的爱人，就不是爱人。你要被人抢走了，那是你自己想被抢走，那我就是拿绳子拴也拴不住你呀，对不对？你要体贴人家嘛，人家手里还有好多事呢！我要写答辩状呀，要学习呀，说不定还有个新案子，有个朋友说要介绍一个离婚案给我。我一天到晚忙得脑袋都要炸开了，好可怜呀！”我故意逗他——撒娇加诉苦，是我的超级武器。

“哎呀，就来一两天有什么关系，又不会耽误你的事。再说了，就算误了什么事，不就是少赚点钱吗？你老公虽然不是富翁，但也不是吃软饭的，既不靠你养活，也不至于让你饿死，你那么辛苦干什么？对了，我已经有个好主意可以赚钱了，说不定啊，以后你老公成了大款，都不要你去上班了。”

“什么好主意啊？”

“你来长沙呀。你来了，我就告诉你。”

“不来不来，就是不来。”

“一点都不乖，不喜欢你了。”

“真的不喜欢我了？”

“假的，宝贝，好想你。实在不想来，就算了。我们周末都要上课，要是不上课的话，你不想来，我就回去陪你。”

“嗯，这才是我的好老公。”

我依依不舍地挂了电话，他做梦也想不到我很快就会出现在他面前吧？

Two

过了两个小时，下午六点，我终于站在 509 门前。他们是五点半吃晚饭，六点半上课，这个时候，如果没有特殊情况，韩斌应该在房间里——我可是从林邑算准了时间出发的。

我按了门铃。

韩斌边问是谁边把门拉开，看到我，他呆了一下，然后是一副惊喜得不能置信的表情。他一把把我抱起来，又是亲又是咬，我们疯成一团。

这世上还有比跟自己心爱的人在一起更幸福的事情吗？我看没有了。跟韩斌在一起，我们时刻保持着无与伦比的激情。并非刻意如此，反正，我们在一起，一直开心得不行。韩斌说我们是一对天生的爱人，是老天爷把我们配在一起的。

他打电话请了假，说晚上不去上课了。然后，他问我饿不饿，要不要马上去吃饭。我说，路上我一直没闲着，吃了好多零食，今天不打算吃晚餐。

韩斌坏笑着帮我脱衣服，把我抱进浴室。而我也没闲着，不是揪他的耳朵，就是捏他的腰，痒得他扭来扭去，哈哈大笑。

两场激战之后，韩斌心满意足地抱着我，困倦至极，想要睡觉，但他还是喃喃地跟我聊了他的想法，他想回林邑之后，开一家一对一教育公司，请两个人，自己也用业余时间对公司进行管理。我积极支持他的想法，男人有事业心是好事，我有空的时候也可以帮帮他。

韩斌说着说着，眼皮打起架来。我轻轻抚摩他，也有了睡意。他很快就睡着了，还轻轻打起鼾来。迷糊中我拿起枕头边韩斌的手机看时间，却发现他的手机设置成静音，而且有两条未读短信，五个未接电话。

我在瞬间清醒过来，要不要看看这两条短信呢？要不要看看那些未接电话呢？我一直是非常信任韩斌的。而且，应该说，我也相信我自己，我知道我是一个聪明、漂亮，惹人爱的女人。在大学里，追我的男孩儿简直有几个连，然而我的心里只有韩斌，我相信韩斌对我也是真心实意的。

可是，据说再优秀的女人也有被抛弃的可能，我对韩斌，是不是有足够的了解呢？他也像我这样一心一意吗？他是否可能会背叛我甚至抛弃我呢？

凝视韩斌熟睡的脸，睡着的时候，他有着孩子般纯洁的气质。我犹豫再犹豫，还是决定看看那些短信和未接来电。韩斌把手机设置成静音，这个动作本身就值得警惕。因为，这样做，可以有两种解释，乐观一点的解释是，他可能是为了我们在一起不受打扰；悲观一点的解释是，他在跟我捉迷藏，想隐瞒什么，可能是他担心有什么人打来电话，他会不方便当着我的面接听。

我心一横，决定抽查一次。

未接的五个电话全是一个号码，是用长沙的座机打来的，尾数有六个“8”，我拨过去，听到里面的声音说：“你好，长沙运达喜来登。”我无声地挂掉了电话。再看那两条短信，我全身的血液都有些发凉。男人，男人，太经不起检验了！

两条短信都来自杨莹莹。一条是：“只要你愿意，我手里的几千万都可以由你来支配。我说过，真的不是想用金钱收买你，而是，我真的爱你，我们曾经那么相爱。”一条是：“回到我身边吧，我日日夜夜都在渴望你！我现在在喜来登大酒店 1808 房，等你。”

我看了看时间，两条短信都是六点多钟发来的。我和韩斌在床上缠绵悱恻的时候，别的女人在打他的手机，在给他发短信。这么说，在长沙的这些天，他们两个人是不是都在一起？杨莹莹不是在德国吗？现在是回来接他过去？

我的心变得越来越冷，甚至有泪水要流出来。

我凝视韩斌熟睡的脸，心中爱恨交织。杨莹莹回来的事，他为什么瞒着我？他之所以那么积极地想要来长沙参加培训，其实就是为了见杨莹莹吧？应该说，他迄今为止，并没有打算抛弃我吧？就在刚才，他还对我如此热情，没有一丝一毫的躲闪和保留，这一点，我是能够感觉到的。

可是，来自杨莹莹的诱惑也是够大的。首先，她是他的旧情人，仍然痴心爱着他；然后，几千万资产，在中国，这笔钱可以保证一辈子锦衣玉食了。他真的能够不动心？何况，韩斌曾经告诉过我，他们曾经是非常相爱的。我一直记得第一眼见到韩斌时，他因为杨莹莹离开而表现出来的那种失魂落魄的样子。

可是，我们也是真心相爱的呀！我觉得就像一个神话故事里说的那样，一个名叫皮格马利翁的人雕刻出来一个象牙少女并且爱上她，我就是韩斌一手雕刻出来的，是他用诚心感动了上帝，让我成为他的恋人的。难道，他不要自己一生中最重要的作品了吗?

怎么办?

我再看看那条短信，喜来登1808房，我是不是现在就过去一趟?我要看看这个杨莹莹究竟是什么样子?当年她无情地弃韩斌而去，现在，她又重新杀回来，拿重金来收买他的心。说走就干脆地走，说来就呼啸而来，什么女人那么厉害?

没那么容易，韩斌，他是我的男人。我看看他，他呼吸平稳，睡得正香。估计现在就算有人把他抬走，他都不会醒。我怒气冲冲地瞪了他一阵，打他两巴掌的心都有。好啊！平常你表现得对我那么专一，那么肉麻，原来，你也会背着我干坏事啊！哼！回来再找你算账！

我删掉那两条短信和五个未接来电，把手机放回原处，爬起来穿好衣服，出门拦了辆的士直奔喜来登。

杜子归绝不会惧怕任何人。

我要好好看看这个杨莹莹是何方神圣。

Chapter 14

杜红雨：小三找上门来

One

我，杜红雨，从长沙归来，回到家里时，正是吃晚饭的时间。

顾凯不在，他很少在家吃饭；顾长天也在学校，要周末才回来。连阿姨都不在，根据我的经验判断，她可能到老乡或者朋友家去了。因为我没提前给任何人打电话，所以没有任何人在家里等我。

我似乎现在才发现，我们这个家太冷清了，冷清得不像一个家，只像个旅馆，大家都是偶尔回来住一住。

我用家里的座机主动给顾凯打电话，我平常很少主动联系他，但现在，我的想法有所改变。对我而言，他是这世上最该亲近的人，我不想他离我太远。

他很快接听了，那边很嘈杂，估计是在酒桌上。听出来是我的声音，他故作轻松地问："老婆，你回来了？"好像我和他之间没有任何隔阂。

我平静地说："是的，刚到家，你什么时候回来？"

他说："我吃完饭马上回，你还没吃饭吧？我给你带点东西回来，好不好？"

我本来想拒绝，哪怕自己随便下点面条都好，可是我突然改变了主意，说："好。"

我突然决定我也要更依赖他，更需要他；我还突然决定让顾长天转学，不读寄宿了，每天都回家。

我拿不准要不要跟他谈谈林虹。目前，林虹是我和顾凯之间的地雷，排雷成功倒也没什么；可是，万一不小心，把地雷踩响了，那就糟了，说不定我们这个家会被炸得粉碎，我决定要慎重。

三十多分钟之后，顾凯回来了，手里提着几个精致的打包盒，他微笑着说："老婆，我给你带了你最喜欢吃的海鲜，还有砂锅芦笋。快，还是热的，趁热吃。"

我接过他手里的东西，放在桌上，然后抱住他，泪水扑簌簌地掉了下来，因为我心里有委屈。

他似乎有些意外，但也马上紧紧地抱住我。

这个怀抱，曾经给过我那么多温暖和安全感的怀抱，简直有些陌生了。除了在床上，我已经不太记得什么时候我们这样亲密地拥抱过。

他轻轻拍我的背，柔声说："宝贝，先吃东西。"

他也很久没有叫我宝贝了。

我的泪水更多地流下来，有更多的委屈，也有惭愧。

他用餐巾纸温柔地给我拭泪，然后轻轻地说："先吃饭，就算想哭，也要吃饱了才有力气哭。"

我拖着他的手不放，要他陪我吃东西。

他坐在我身边，温柔地望着我，仿佛我们又回到了热恋的那些日子。

我把一段芦笋尖用筷子夹起来，往顾凯嘴里塞，他似乎本能地想回避，却又张嘴接了，边吃边说："老婆你自己吃，我已经吃得很饱了。"

然后我又夹了一段芦笋，放进自己嘴里，咬两口，吞下，然后问他："凯，你觉得我好不好呢？"

他微笑："总的来说，好。"

"什么叫总的来说？怎么好？怎么不好？"

"好的地方，你聪明、善良、很有悟性，还有，你很爱我。不好的地方，嗯，太任性，太霸道，有时候像武则天。这样不好，你要学会善待你的男人。"

"可是我的男人有时候是个坏男人，我好恨他呢！他让我又爱又恨。"

"要学会读懂男人。如果你真心爱这个男人，就好好爱，用心呵护。如果实在不爱了，这个男人不值得你爱，就把他丢掉，丢到垃圾堆里去。"顾凯坏笑起来。

我叹息，用力拧他的耳朵，他大叫老婆饶命。

那天夜里，顾凯在床上表现得非常好，不，应该说，我们配合得非常好，一些久违的感觉重新归来。

我们本来就应该是这世上最亲密的人。

临睡前，我告诉自己，我有一个幸福的家，我要好好爱护它，我要珍惜我爱的这个男人。不管他做过什么，我原谅他，接受他，我相信他会越来越好。

至于那个林虹，算了，由她去吧，她会有她自己的命运。如果她愿意一辈子偷偷当顾凯的地下情人，那也是她自己的事。至少，目前我们国家的法律不允许重婚，也不允许公开同居。

愿意怎么样，她自己看着办吧！

但我做梦也没想到，我不去找林虹，她反倒来找我。

Two

那天我接到一个陌生的电话，对方开口就毫不含糊地说她是林虹，我一下子警惕起来。她说："杜律师，我们见面谈谈好吗？"

我问："你要跟我谈什么呢？"略一犹豫，我加了一句，"我实在是太忙了。"

我是真的不想见她。

她说："我怀孕了，孩子是顾凯的。"

我一下子脑袋都大了，不见她是不行了。

林虹坐在我对面，眼睛是肿的，她看起来有些憔悴，远没有一年前那么漂亮。

我不说话，只是看着她。说实话，我既轻视她，又有些可怜她，可能，还有些恨她。一个女人，不懂得照顾好自己，还牵连别人，真是有些活该。

林虹说："杜律师，我很不好意思，我知道自己愧对你。可是，我仍然有一个不情之请。"

"请讲。"我面无表情。

"我想请你离开顾凯，我想要顾凯跟我结婚。"

唉，这样的话都说得出口，脸皮倒是不薄。不过，我理解，有的人，到了一定的份儿上，就会豁出去，脸皮不脸皮的，倒不重要了。

我做个深呼吸，静静地说："你不觉得，这个话，你应该跟顾凯去说吗？你应该对他说，顾凯，我想请你离开杜红雨；顾凯，我要你跟我结婚。哈！”说到最后，我忍不住冷笑起来。

林虹一愣，讪讪道：“我跟他说过，但是他不同意，他要我把孩子打掉。”

“你认为我会同意你的要求吗？”

“我想你是一个善良的人，求你救救我和孩子。医生说如果这次我打掉这个孩子，很可能这辈子我就再也没办法怀孕了。”

“我的善良是你的武器吗？凭什么为了你，我就要失去老公？凭什么为了你肚子里还没成形的孩子，我的孩子就要离开他爸爸？”

她再一次发愣，然后鼓起勇气说：“可是杜律师，顾凯不能对我不负责任。”

我说：“你对你自己负责任吗？难道你不知道顾凯有老婆有孩子吗？你明知道人家有老婆有孩子，你还要跟别人在一起，还要让自己怀上那个人的孩子，你自己是不是要认赌服输？你自己对自己都不负责任，你还指望谁对你负责？还有，你别忘了，顾凯也要对我负责任，也要对我和他的孩子负责任。而且，他对我们的责任在先，你要清楚这一点。”

林虹的脸色变得更白，她无力地问：“杜律师，请你给我指一条生路。”

我恨得咬牙切齿，恨不得说：“你去死吧！对你来说，在顾凯面前你只有死路一条。”

但如此恶毒的话我说不出口，我不能这么失控。我恨她不懂得自重是真，但她说什么如果不要这个孩子，这辈子就不能怀孕，谁知道是真是假？再说了，多少女人就是因为私生活不检点，失去做母亲的资格？一个人若是做了坏事，老天爷总会让他付出代价。我管不着。

我沉吟半晌，拿出两千块钱现金，并把晓梦的名片放在上面，一起推给她：“我建议你去长沙找一个心理咨询师看看。”

她怔了一下，本能地摇头。

我不知道她摇头的意思是不想要我的钱，还是不愿意去看心理咨询师。这个问题，我不想搞清楚，这跟我没关系。

我站起来，掉头走开。

我不想再看她那张惨兮兮的脸。

我已仁至义尽。

Chapter 15

杜子归：两个女人的战斗

One

我，杜子归，来到喜来登 1808 房门前，深深地吸一口气，然后毫不犹豫地按响门铃。

我感觉到有人从里面往外看，过了几秒钟，里面传出一个年轻女人有些心虚的声音："请问您找谁？"

"我找杨莹莹。"我的语调非常平静。

"你是谁？"

"我想你应该能猜得到我是谁，或者说，我是你很想见到的一个人。你能让我进去说话吗？放心，我没有恶意。"

里面迟疑了好一阵，门开了。

我挑衅地望着门里的女人，第一印象，我觉得她其貌不扬，但打扮得很时尚，气质还好，但我认为她根本配不上韩斌。她眼光躲闪了一下，让我进去了。

靠窗有一套桌椅，两条看起来很舒服的靠背椅，一张圆桌，我径自坐在其中的一张椅子上，而她却有些手足无措的样子，好像我才是住在这房间里的人，而她是一个心神不宁的来访者。

“你是韩斌的女朋友？”她终于平静下来，上下打量我，然后问。

“准确说，我是他的未婚妻。我叫杜子归，你就是杨莹莹？”

她怔了怔，说：“对，我是杨莹莹。”

她转身去倒水，我紧紧盯着她的背影。即使她转过身来，我的目光还是盯住她不放。

她应该跟韩斌一样大，也是三十岁。我仔细看着她，三十岁的女人，身材保持得不错，人长得说不上漂亮，倒也不丑，她的体形倒是相当迷人，称得上性感，那微露的乳沟让我这个女人都忍不住盯着看。我知道自己的弱点，我的胸部比较平，这也是唯一让我欠缺自信的部位。

但，总的说来，我相信除了她短信里说的几千万资产，这个女人，不可能是我的对手。何况，几千万，我还年轻，我也可以去挣。我的姑姑杜红雨不是也有几千万吗？我也迟早可以拥有这一切。

我变得心平气和起来，甚至变得精神愉悦起来。

杨莹莹犹豫了一下，在另一张椅子上坐下来，和我离得很近。这个女人，她居然不怕我突然起身扇她几个耳光？

我盯着她，单刀直入地问：“你想把韩斌带到德国去？”

她愣了一下，可能没想到我会这么直接地向她发问，她支支吾吾地说：“嗯，我是有这样的想法。不过，呃，抱歉，我不知道你的名字。”

不知道她是太慌乱还是太健忘，我一进门就亮明身份，报了自己的名字，她居然说不知道我的名字。不过，还好，这个人还算诚实，那我也诚实一点吧。

我说：“我叫杜子归，从下午六点到半小时以前，一直和韩斌在一起。他现在睡着了，我是拿他的手机看时间的时候，无意之中看到你发的短信，才找到你的。也就是说，韩斌不知道我和你在一起。另外，我平常从来不翻他的手机。这次算是突然袭击。”

我本来想直接告诉她我和韩斌一直在床上，但觉得这样说话显得刻薄，也有些庸俗而小家子气，于是没说得太直白。她是个聪明人，应该听得懂。

杨莹莹的表情有些尴尬。

我继续说："可能我这样做有些冒昧，但是说实话，我到这里来，一方面，是因为我很好奇，很想看看你，看看我未婚夫的前女友是什么样子。你和韩斌的故事，他告诉过我。他没有怪你，只是说，所有的往事，已经成了过去。另一方面，我想告诉你，韩斌和我很快就要结婚，我可以自信地说，这地球上应该没有谁能从我身边把他抢走，除非来一个外星人。"

杨莹莹叹口气说："你是对的，你赢了。"

我说："我们之间，不存在谁输谁赢的问题，是你自己放弃了他。如果当年你没有去国外，说不定，我完全没有机会，我非常感谢你让我拥有这个机会。"

杨莹莹只有苦笑。

我们之间的事情，三言两语就说清楚了。我突然发现自己把话说清之后，居然还不想离去。

这是怎么回事?

Two

我困惑地望着杨莹莹，她也正看着我。然后，我们居然相视而笑。只不过，我笑得看起来很轻松，而她笑得有些苦。

杨莹莹问我："能不能告诉我，你怎么会那么喜欢韩斌?你看，你长得这么漂亮，听说你还是北大毕业的，肯定智力也相当优秀。如果你想要找个有钱有权的男人，易如反掌，怎么偏偏就喜欢他？他一穷二白的，我觉得你找他，简直是有些亏。”

她的话让我很受用，我微笑着说：“谢谢你如此恭维我。我和他之间的感情，是没有办法用世俗的东西来衡量的。你不是也很喜欢他吗？你看，你都是千万富姐了，还万里迢迢从德国回来想跟他结婚。”

杨莹莹说：“我承认我确实很爱他，毕竟我和他有过一段美好的旧时光。可是很遗憾，他没有选择我。”

“你又回到老问题上去了，是你自己放弃他，而不是他没有选择你。”

“不管怎么说，反正，这辈子，你会是他的妻子，而我没机会了。”

我凝视杨莹莹，对她说：“我们来做一个游戏好吗？既然我们爱上的是同一个男人，现在来看看，我们爱他什么，我们是否足够了解这个男人。”

我突然明白我之所以留下来，是想了解杨莹莹眼中的韩斌是什么样子。

杨莹莹有些踌躇，她疑惑地问：“做什么游戏？”

我拿出宾馆里的便笺，找出两支笔，对她说：“我们分头在纸上写出韩斌的五个优点和五个缺点，看看我们对他的评价有什么不一样。”

这个游戏，韩斌和我曾经玩过，只不过那时候我们是写彼此的优缺点，而现在是我和杨莹莹同时写韩斌的。

杨莹莹也来了兴趣，我们分头写起来。我突然觉得这个提议实在有些滑稽，两个情敌居然在一起，分析共同情人的优缺点，这种情况估计非常少见，可我愿意这样做。

我列的韩斌的五大优点是：聪明、成熟、坚强、真诚、很有情趣。其实他还有优点，比如善良，比如很有上进心，比如对学生很负责任，但我没再继续写。

在我眼里韩斌的缺点是：固执、偶尔懒散，然后，我列不下去了。因为在我看来，韩斌的缺点很少。

杨莹莹很快写完了，她写的五大优点是：浪漫、智慧、重情重义、帅、乐观。

她写的缺点是：固执、傲气、铁石心肠，但也没有写满五点。

看来，我们对韩斌的看法，大同小异。韩斌具备我们列出来的所有的优点，只不过，可能我和杨莹莹的关注点不同，那么，列出来的也就不一样。

杨莹莹叹息一声，说："杜子归，我很嫉妒你，但是我知道我没有权利嫉妒。而且，输在你的手上，我心服口服。那么，我祝福你们白头到老。请一定好好珍惜韩斌，如果你不好好对待他，我可能还有机会再从德国过来抢走他。"

我笑道："可能这辈子你都没有机会，我会很珍惜他，我相信他也同样珍惜我。"

杨莹莹无话可说，神色黯然。

然后，我向杨莹莹道别，打车回到宾馆。

我上床的时候，韩斌翻了个身，却并没有醒过来，仍然睡得死死的，睡得像一头猪。

我盯着他看，恨得牙痒痒的，恨不得咬他几口，痛得他嗷嗷叫。

我叹口气，紧紧抱着他，韩斌也在梦中习惯性地把我抱入怀里。

我得尽快入睡，明天事情还很多，我还要去见见龚鹏程，跟他讨论一下龚晓骏的事。

我很快就睡着了。

Chapter 16

晓梦：强迫性重复的案例

One

我是心理咨询师晓梦。

我是律师晓梦。

我是这本书的作者晓梦。

也就是说，我是真实存在的。如果不相信，你可以来长沙找我。至于这本书里别的人物，他们亦幻亦真，我不会告诉你真相。

随着从业时间渐长，咨询经验日益丰富，越来越多的人找我做心理咨询或者法律代理。应该说，这是一件好事。

昨天我接到电话，一位自称林虹的女子找到我，她说是杜红雨律师把我介绍给她的。她今天就来长沙，我们约好下午两点钟见面。

杜红雨律师，我印象太深了，那个一开口就不同凡响的女人，那个极其聪明颖悟的女人。

我隐隐感觉这个林虹很可能会非常棘手，因为她的声音里充满了绝望，语调里充满了抗拒。她似乎对心理咨询并不热心，可是，既然没兴趣，为什么又要约我呢？换作是别人，可能我会找借口推托。我的事太多了：写小说、给报纸写专栏、到广播电台当嘉宾主持、接待心理咨询、接待法律事务当事人，有时候恨不得会分身术。事实上，我真的不喜欢自己太忙。

但是这个人，我不忍心也不愿意拒绝她，因为她是杜红雨介绍过来的。杜红雨，是一个充满挑战意味的人。而我对于挑战，大多时候都是有兴趣的。

我看着林虹像个轻飘飘的影子一样进入心理咨询室。

她消瘦、苍白，让我的心不由得生出一阵怜悯。

她定定地看着我，然后开口说："你好，晓梦老师！杜红雨找你做过心理咨询是吗？她跟你说过些什么？"

我马上心生警惕。毕竟，心理咨询师要为每一个来访者保密，这基本上是一条绝对需要遵守的法则。

我斟酌着词语说："假如你的一个朋友问我，晓梦老师，林虹找你做过心理咨询是吗？她跟你说过些什么？你希望我怎么回答呢？所以，杜红雨跟我说过什么，我必须保密。"

林虹愣了一下，没说话。

我接着说："保密是心理咨询的第一原则。你既然来找我，就只说你自己，不谈论别人，好吗？我一样会为你说的所有事情保密。如果你信任我，如果你愿意说，你就说，否则的话，我们可以做些别的事情。谈话是心理咨询的主要方法，但不是唯一的方法，你还可以做沙盘、画画。再或者，你可以决定不咨询。"

林虹看了我一眼，没接我的话，也没对通常人们会觉得好奇的沙盘、画画做出询问。也就是说，要么，她很了解心理咨询；要么，说明她对包括心理咨询在内的很多事情丧失了兴趣。

我也沉默，温柔地凝望她。

林虹的眼泪突然像断了线的珠子般往下掉，然后她扑到我怀里，开始哭泣。

我轻轻拍她的背，任由她哭。

我看着墙上的钟，林虹哭了大约二十分钟，终于抽咽着止住了，开始讲述自己的故事，她说："晓梦老师，我是个非常苦命的人。

"在我七岁的时候，我记得那时候我刚上小学一年级，一天放学回家，听到我妈妈哭得撕心裂肺，邻居们都在劝说她，我吓得呆住了。然后有人告诉我，我的爸爸在办公室里自己去接电线，不小心被电死了。其实那根本不是他的事，他只是刚好有空，不想麻烦下属，就自己动手，结果线路漏电，发生了这样的意外。那时候我对死亡根本没什么概念，明明知道爸爸死了，但我总觉得他还会回来。说不定哪天，当我放学回家，爸爸就已经在家里，像平常那样，笑呵呵地把我抱起来，再让我骑到他脖子上去。不过，关于我爸爸的死因，还有别的说法，也有人说他是贪污，畏罪自杀。但人已经没了，至少我一直不知道哪种说法才是真相。

"我爸爸是县工商局的局长，他在的时候，总有很多人找他，逢年过节，我们家里总是有许多客人。可是，自从爸爸去世，就没什么人来我们家了。妈妈是县剧院里的演员，爸爸去世以后，妈妈就再也没有笑过。她总对我说：'虹虹，如果不是因为这个世界上有你，我也不想活下去了，没有你爸爸，我活着也没多大意思。'从那时候起，我妈妈一天到晚这里疼那里疼，班也不去上，除了照顾我，做一些基本的家务，她大部分时间都躺在床上，就这样过了好几年。我爸爸留下了一些积蓄，再加上抚恤金，这笔钱足够养活我和我妈妈。

"我读高中之后，我妈妈振作了一些，她总要我努力学习，长大了可以有出息。可是后来高考的时候我没考好，只上了中专的分数线，我干脆就报了一所卫校，毕业后可以当护士，好将来照顾我妈妈。

"在学校读书的时候，我谈过一个男朋友，他的爸爸是一个县委副书记，反对我们往来。我的男朋友起初坚持和我在一起，可是一毕业就离开了我。和他恋爱期间，我打过两次胎，医生警告过我，要我以后特别小心，否则这辈子可能都会无法怀孕了。

“毕业后我进了林邑最好的医院，当了两年护士之后，我遇到了顾凯，也就是杜红雨的老公。第一次看到顾凯，我就觉得他很亲切，也许是因为他身上有我父亲的影子。当时他因为突发心脏病住在我管的病房里，不知道为什么，我对他的好感越来越深，总想和他在一起。他其实还很年轻，加上病情并不严重，所以恢复得很快。为了照顾他，我特意学习了穴道按摩疗法，每天帮他按压穴位，他说我是他的安慰天使。两三个月之后，他彻底康复。我无法抗拒地喜欢上了他，我们在病房里发生了关系。从此，我对他越来越依恋，可是他却总是刻意跟我保持距离。他明明很爱我，还主动给我买了套房子，可他却不愿跟我过于亲密，常常半个月才来看我，这让我很痛苦。

“现在，我怀孕了，孩子是顾凯的。其实我不是故意要怀孕的，以前那两次流产带来了很严重的后果，医生说我可能怀孕会很困难，所以，我一直没有采取避孕措施。以前我也有过第二个男朋友，一直没事，这次不知道怎么就怀上了。我把怀孕的事告诉顾凯以后，他有时候劝我把孩子打掉，有时候说可以留下孩子，但他不可能跟我结婚。然后我特意去找杜红雨，告诉她我怀了她老公的孩子，她说要我自己去告诉顾凯，要我自己面对这一切，然后，把你的名片给了我。

“我的命，真的是好苦啊！”

我非常同情这个年轻的女人，可是作为心理咨询师，我只能说，其实这样一个结果，是她自己招致的，在某种程度上，她自己是要负主要责任的。

我在她身上看到一连串的“强迫性重复”效应，这种效应让许多人蒙受痛苦。

Two

所谓“强迫性重复”，是精神分析心理学派的一个概念，每个人在自己的生命早期，或多或少都经历过不同程度的挫败和创伤，人们在潜意识里希望治好这些创伤，于是就会无意识地创造类似的情境，想要借着这样的情境得以治疗自己，所以常常会不可理喻地自讨苦吃，甚至自虐，试图在特定的情境中，依靠特定对象的力量扭转曾经的失败。但由于他们不懂得如何去打破惯性循环，结果多数努力是无效的，于是人们常常一次次重复来过，重复受到伤害，却毫无觉察是自己导致的。

拿林虹来说，她的父亲是工商局局长，所以，无论她读大学的时候爱上县委副书记的儿子，还是她后来当护士以后爱上顾凯，其实她都是在寻找自己父亲的影子，他们的共同身份是政府工作人员，或者是官员的后代。只不过，林虹自己完全没有意识到这一点。就这样，人们有意无意地制造类似情景，或者选择同种类型的人，让自己反复受到同样的伤害，反复做同样的错事，成为“强迫性重复”的牺牲品。对于这种情况，最好能够自己有所觉醒，或者找个心理咨询师咨询一下，才更容易走出这样的困境。

我问林虹：“你找我咨询，是希望解决什么问题呢？”

林虹茫然地看着我说：“我想，你可能解决不了我的问题，我自己也懂一些心理学。”

我点头：“你说得对，心理咨询师确实不可能解决每个人的问题。

那么，你为什么要来找我呢？"

林虹转开头："我来找你，本来是想问你杜红雨对你说了些什么。"

我叹息："你知道我不可能告诉你。"

林虹说："我想过你可能不会告诉我，但是，我不死心，所以还是来了。"

我不语。

她继续说："我那次去找她，我希望她看在我怀孕了的份儿上，把顾凯让给我。但是她根本不肯让，她要我自己去找顾凯。而顾凯的态度，我已经告诉你了，他不肯跟我结婚，也不是很想要这个孩子。"

林虹说着，摸了摸自己的肚子。

我瞥了她的肚子一眼，问："你怀孕多久了？"

她说："才一个多月，快两个月了。"

我再问："你打算怎么办呢？"

她机械地说："我也不知道该怎么办。"

她眼睛发直，对着自己的肚子喃喃低语："宝贝，宝贝，这个世界没有我们的容身之地。"

我真的非常不忍，对她说："你必须要想清楚究竟怎么办。这个孩子，要，还是不要，你要好好想想。如果你决定要，你就要控制自己的情绪，让自己过得快乐一点，这才会让肚子里的孩子更健康；如果你决定不要，那就要趁早到医院去做手术。你要学会对你自己、对你肚子里的孩子负责。最后的决定，必须是你自己做出来，任何人都帮不了你，都不可能替你做决定。"

林虹不接我的话，她看我一眼，低低地说："晓梦老师，不管怎么样，我觉得心里好受了些，谢谢你。"她站起来，努力对着我凄然一笑，然后直接去找公司工作人员交咨询费。

我知道她只是在安慰我。

我眼睁睁地看着她瘦弱的背影消失在门边。

在这一瞬间，我的情绪也有些低落起来，一种无力感在我的身体里蔓延。是的，心理咨询师，有时候也是无能为力的。

而且，我还有一种非常恐慌的感觉，我觉得这个林虹很危险，有自杀倾向，我该怎么办？我能怎么办？既然遇到她了，又如何能坐视不管呢？

我苦苦思索起来。

Chapter 17

顾凯：对婚姻的瞬间动摇

One

我，顾凯，这些天深深地体会到，职场和情场全都充满了危险的旋涡。

职场上，我的一名副手出事了，这个人、这件事都让我极其意外。

周一早晨，我主持召开例会的时候，会议开始才十几分钟，会议室居然进来三个陌生男子。其中一个看起来是领头人，他一进来就对我点点头，非常礼貌地做了个手势，示意我继续开会。

我马上明白他们是有来头的。

我所在的机构大门口有武警站岗，寻常人根本进不来。他们目标这么大，能够直接进入我的会议室，你说会是普通人吗？

我虽然充满疑惑，倒也不心虚，镇定地把会开完了，不过我承认，平常三四十分钟的会议，这次不到半个小时我就开完了。

会议刚结束，他们出示证件和手续，把那名副手带走了。当时大家都面面相觑，因为这位副手在大家的印象当中是出了名的廉洁自律、谦和低调。他一件衣服一穿就是好几年，一双皮鞋修了三次还在穿；平常说话对做卫生的阿姨都异常尊敬，谁也不会疑心他有什么问题。

过了两天消息传了过来，说是在他家的几张席梦思床垫里，搜出一千多万元现金。据说是他收了钱，事没办好，于是被那个行贿的老板匿名举报撂倒了。

看看吧，每个诱惑背后都有陷阱。

说实话，对于金钱，我本人兴趣不大。首先是我不缺钱，杜红雨相当会赚钱，连家都不要我养，还不时倒贴，给我购买名牌衣物；然后，我还真没太多地方需要花钱。即便有几个情人，她们也并不是奔着我的钱来的，我的花费也不大，给林虹买套小户型已经是我最大的一笔开销，把我多年的私房钱花掉了一半，可见我是真心怜惜她。

有人总结说，职场翻船的人，要么是曾经收买你的人翻脸，要么是政敌玩弄的阴谋，还可能是你得罪了身边有亲密关系的人。

看看，朋友、同事，甚至爱人，都有可能朝你放冷箭，你说危险不危险。

情场上，不少女人确实是非常危险的感情动物。

可惜我对此认识得太晚了。

这些天我常常从噩梦中醒过来。

有时候，我梦见林虹披头散发，用刀子杀死一个婴儿；然后，她又举着那把血淋淋的刀冲过来要杀我，我惊恐地大叫一声，然后醒来，吓出一身汗；有时候，我梦见林虹的肚子在我面前裂开，里面蹦出一个孩子，就像神话故事里面的哪吒一样，拿枪朝我刺过来，吓得我掉头就跑。反正都是些乱七八糟的梦，有林虹，有孩子，他们都要来伤害我。

我不会解梦，但是我明白“日有所思，夜有所梦”的道理，可能我非常担心林虹怀孕这件事情会对我不利，所以，才会老是做这类梦。

林虹固执地不肯去把孩子打掉，她说要生下来。对此，我真是无可奈何。以前每次在一起，我都会问林虹安不安全、怎么避孕，她总说没关系，她知道怎么做，不用我担心，我也就对她非常放心，没想到，还是出现了意外；或者，我疑心，根本不是意外，是她自己故意的。

很多次，我问过自己，难道我真的不能跟杜红雨离婚而跟林虹结婚吗？我的本能总是告诉我，不能离婚，绝对不能。仔细想想，一方面，是因为我和杜红雨的感情一直比较好；另一方面，可能是因为林虹太脆弱了，也太疯狂了，我简直怕了她。林虹变得像个婴儿，动不动就哭，动不动就瘫软在我怀里，好像离开我她就会死去。不，不能是这样。

作为一个事业型男人，我肩上的担子已经够重了，心理压力相当大。我希望和我在一起的女人，要么就像杜红雨或者樊影一样，可以自立自强独当一面；要么，就要是一个能够从生活起居方方面面全方位照顾我的女人，她必须是健康、温柔、愉快的，要像从前的而不是这段时间的林虹。从前，林虹是我的安慰天使，而今天的林虹，像一根软绵绵而又坚韧无比的藤萝，很可能会把我缠死。

想到这里，我觉得我的呼吸都变得有些困难。

当我享受她对我的照顾的时候，我爱上了她；可是，一旦她也变得脆弱，威胁到了我的安全，我却无法接受她。人啊，总是自私的。

这件事情，到底该怎么办呢？我决定好好地跟林虹谈一谈。

这次我不去她的房间，特意把她约到一个茶楼的包厢里。因为这段时间，一到她的房间里去，要么我们很快就缠绵在一起，要么就是她任性地像孩子一般哭泣，总之是无法好好谈话，换一下环境应该会不一样。

林虹坐在我面前，面容白得像一张纸，让我一阵心痛。这个女人，她曾经像一位温柔的守护神，可现在，她成了被上帝抛弃的天使；或者，一只找不到归途的迷路羔羊。

我抚摩着她的头发，半天不吭声。我是真心爱她的，可是她这样做，很可能会把我们两个人一起拉向深渊。她实在要生下孩子，不是不可以，但是，我不能给她婚姻，而且，她自己必须振作，必须懂事，不能太任性，不能动不动就忧郁，因为她这样，生出来的孩子很可能也不健康。

我不说话，林虹也不说话，她黑黑的眼珠里蓄满了泪，又怨恨又爱恋地盯着我。这双曾经让我神魂颠倒的眼睛，现在变得让我无比矛盾。

我终于开口，轻声说："虹，你瘦了。"

她的泪水应声落下来。

我问她："你想怎么办？"

她说："我要你娶我，我要生下这个孩子。"

我沉默了一阵，说："你实在要这个孩子，把孩子生下来，我没意见，我们可以一起想办法。但是关于娶你的事，不可能。我从一开始就告诉过你，我无法给你婚姻。"

"为什么你无法给我婚姻？如果你真的爱我，你完全可以给我婚姻。现在离婚率那么高，为什么别人可以离婚，你就不可以？"

"虹，乖，不要逼我。"

"你是不是很爱杜红雨，不愿意离开她？"

"是的。她没做错什么，我离婚，对她不公平。"

"我也没做错什么，你不跟我结婚，对我也不公平。"

我愣了愣，说："可是我跟她结婚在先，我从来没有欺骗过你，对吗？"

林虹哭泣起来："你的意思是说，是我自己要勾引你，所以你不愿意对我负责，对不对？"

我皱眉："虹，不是这个意思，不要不讲道理。"

她说："我当然讲道理，我要讲的道理就是，我要嫁给你。无论如何，这辈子我要嫁给你。"

我呻吟，无话可说。

她盯着我说："如果你不答应，你会后悔的！你知道我可以有很多种办法让你后悔！"

Two

我不悦，没有人喜欢受到威胁，但我仍然平静地握住她的手说："虹，别说傻话，男人不喜欢受到威胁。你让我好好想一想，你自己也好好想一想。"

林虹所说的办法，平常跟她聊天的时候，她跟我说过一些故事，什么某某领导在外面找了个小蜜，后来那位领导要抛弃她，结果她就到领导的单位那里大闹，结果，这位领导被撤职了；什么某个有妇之夫爱上了一个年轻女人，后来，男人想要抛弃女人，女人精神失常，在他们的食物里下毒，两个人都死了。

我知道她跟我说这些故事的意思，是要我不要抛弃她；同时也是在威胁我，如果真的离开她，后果很严重。

她所说的办法，估计也就是这些故事里的办法。而且，根据她的精神状况，她是完全有可能也做出那种事的，我不能再刺激她。

她见我不作声，就把我的手甩开，也不再说话，后来我们两个人不欢而散。离开的时候，她怨毒地盯着我，那样的眼神让我不寒而栗。

我头痛得不行。

也许我要向林虹妥协。

也许我真的需要考虑跟杜红雨离婚，跟林虹结婚算了。

如果跟林虹结了婚，相比之下她有了安全感，应该就不会再这样神经质了。对林虹，我倒也不是完全没有信心。至少，她是个贤惠的女人，她是有能力把家庭打理好的，而且，我知道她也是真心爱我。

如果我真的开口，杜红雨是个大气的女人，她绝对不会缠住我不放。

也许真的离婚算了。

这一天我有意早早回家，我想到时候找机会跟杜红雨好好谈谈，探探她的口气，看她愿不愿意离婚。我觉得，杜红雨是个坚强的女人，拿得起，放得下，如果我执意要离婚，她是会同意的。

打开门，家里请的阿姨正往餐桌上端菜，杜红雨手里拿着什么东西，和顾长天一起坐在桌子边笑嘻嘻地谈论着什么。

我打起精神走过去，问："你们在说什么？"

顾长天笑哈哈地说："爸爸，你回来啦？妈妈在看我的月考试卷，我写的作文是《爸爸的爱》。"

我振作起精神，饶有兴趣地拿过那张月考试卷，仔细看起来：

爸爸的爱

父母的爱，是伟大的，是无私的，更是不可缺少的。你有没有想过，如今，你的幸福生活是谁给你的？是父亲，是母亲！

爸爸已年近四十，可能比一些人的爸爸年轻，但是我还是特别珍惜我们在一起的时间。爸爸对我特别严格，比如拿筷子、吃饭的坐姿……爸爸都会强调。

你可能会对我爸爸有点别的看法，但我没有，你并不了解我爸爸，爸爸虽然对我很严格，但是只要我完成了任务，爸爸就会比所有的父亲都好，只要我的要求不是太过分，爸爸都会答应。

每天，爸爸起得最早，爸爸一起来就做饭，我问爸爸今天有没有睡好，他每次只是点头，但我看着爸爸的眼神，就知道他没睡好，爸爸只是不想让我和妈妈太操心。

虽然爸爸整天有很多事情要干，但是爸爸还是抽时间和我一起玩，这是让我最感动的。

我四岁的时候，有一次在老家的池塘边疯跑，一不小心掉进了水里，那水足有一米多深，那时我不会潜水，但是头也到了水里，爸爸立刻把我抱了上来，虽然我没有哭，也没有发生别的事，只是衣服湿了，但我换完衣服之后，爸爸还是深深地自责，我还在一边感动得哭了起来，爸爸以为把我弄疼了就连忙安慰我，到了现在，这件事我还记得清清楚楚。

从此我便明白了，世界上最伟大的不是科技，而是爱。爱的力量可以让地球从此变得更加美丽。

看着这篇作文，我突然感动得想落泪。

一个八九岁的孩子，作文写得这么好，不只是语句通顺，思路清晰，看看这一句，“世界上最伟大的不是科技，而是爱。爱的力量可以让地球从此变得更加美丽”，能够独创性地表达出这样的观点，实在非常难得。尽管文章里写到的一些细节与事实不符，比如掉进水池是他一岁多时发生的事，可能是孩子后来听我们说起，然后又记错了，但，完全无伤大雅。再比如说，其实，我只是在孩子还没上小学的时候做过早餐给他们吃，后来，孩子上了小学，开始读寄宿，我根本很少关心孩子，更谈不上做早餐，除非偶尔刻意如此。直到近年来家里请了保姆，就更不用我考虑早餐的问题了。应该说我只是特意在周末给全家做过一两次早餐，没想到这孩子就记住了。

这么好的孩子，我居然想要置他于不顾，想要撕碎他那么美好的童年！如果我和杜红雨离婚，孩子的心灵难免会受伤。

我为什么要人为地给自己的孩子制造伤痕？

最近，杜红雨突然决定让孩子转学，不读寄宿了。我不知道这是孩子自己的愿望还是杜红雨的意思，也没问。可是，不管是谁的决定，这样做的目的只有一个，就是想让我们这个家更和睦，更像一个家。

我怎么忍心抛弃一个这么聪明可爱的孩子，又怎么能抛弃一个这样幸福美满的家庭呢？我何必要去下一个胜算不见得太大的赌注呢？我决定不再跟杜红雨谈离婚。我不会跟她离婚，因为我爱这个家。

可是，林虹，怎么办呢？

我在心里祈祷："林虹，我真心爱着的女人，你要坚强，要懂事。"

当然，我也很自责，当时我也太不理性了。如果理性一些，不跟林虹靠近，就不会有今天的困境。可是，老天爷，那样的情况下，美人在怀，什么样的男人才能够坐怀不乱？而且这样的事，有了第一次，再要第二次、第三次，那就太容易了。

唉！我真的不知道该怎么办。

Chapter 18

杜子归：受命演戏

One

谢天谢地，我，杜子归，和韩斌一起从长沙回来了。

见过杨莹莹之后的第二天，我跟韩斌来了个竹筒倒豆子，把和杨莹莹见面的事一五一十告诉了他。他只好坦白这次来长沙，确实是想见一见杨莹莹。

有好几次我向韩斌逼供，问他有没有跟杨莹莹上床，韩斌每次都夸张地大叫："青天大老爷，我韩斌对杜子归美女忠心耿耿，没有任何出轨行为啊！"

我用力拧他："说老实话，坦白从宽，抗拒从严！"

他叫得更大声："喂，老婆，你想屈打成招啊？我没有，就是没有，救命啊！"然后我们两个人嘻嘻哈哈闹成一团。

为了防止发生什么意外，我决定先不回林邑，等他培训结束再跟他一起回去。我要守着我的心上人，免得他被人家抢走。不是不自信，而是，我不想冒险。我认定了这个男人，不能没有他。

在我们离开长沙的前一天，杨莹莹给我和韩斌都发了一条短信，说她准备回德国去了，祝我们幸福。

我的手机响起短信音的时候，韩斌的手机也同时响了，我一把抢过韩斌的手机，把他的短信大声读出来，我们两个人的短信是一模一样的。我知道我这样做不太好，太任性了，但是，这次事出有因，以后我不会再这样任性了。现在是特殊时期，所以要用特殊的方式。好在韩斌由着我闹，不理我。他动不动就说我像个小孩子。唉，女人在男人面前可以像个小孩子般胡闹，其实也是件非常幸福的事呢。当然，这个女人得乖巧一点，适可而止，不然，过头就不行了。

何劳你杨莹莹操心？我们当然很幸福，我们会一辈子都这么幸福下去。我简单地回了几个字："谢谢！也祝你幸福！"然后干脆利落地删掉了她的短信，我看韩斌一眼，不用我说什么，他自己也立刻把那条短信删掉了，同时，他把我紧紧抱在怀里，似乎要用这个身体语言告诉我，他爱我，在意我的感受。

这个杨莹莹，就让她成为一段历史吧！

趁韩斌去上课的时候，我特意约见了龚鹏程。我把龚晓骏的话告诉他，他说，龚晓骏从不说假话，如果他说冤枉，那就可能真是受了冤枉。

这下子我更是吃了定心丸，反正再过十几天案子就要开庭了，我决定到时候当庭做无罪辩护。

龚鹏程特意把我请到一家非常高档的酒店吃饭，他说："杜律师，龚晓骏的事，麻烦你一定要尽力。以后有机会，我一定会回报你的。"

我笑着说："龚厅长，您言重了，也太客气了。尽心尽力做事是我为人的准则，这一点您大可以放心。"

从长沙一回来，韩斌变得格外忙碌。他把自己存折里准备买房付首付的钱拿了出来，把我手里所有的积蓄通通没收，还找亲戚朋友借钱，筹集了五十万，租了办公室和教室，成立了"林邑天道教育有限公司”，招聘了两个工作人员当助手。他说要把从长沙学到的经验用来自己创业。为了保险起见，他并没有马上从学校辞职，一切筹备事宜，他有空的时候自己亲力亲为，没空就请助手帮忙跑一跑。

对此我举双手表示赞成，而且一有空就跟他一起忙前忙后。

以前我有事没事都待在律师事务所，现在，要有事才到所里去。

这天我接到姑姑的电话，要我去所里见她，说要跟我谈一个事。

姑姑很少用如此凝重的语调跟我说话，发生什么事情了？

我打车赶到天宇大成律师事务所，推开门，直接问：“姑姑，什么事？我觉得你的声音不对。”

姑姑从电脑边抬起头，指着椅子让我坐，她自己也在我身边坐下来。

她叹息一声，说：“有件事，我本来不想跟你提起。”

“什么事啊？姑姑你快说呀！”

Two

“顾凯在外面又有了新的女人，而且，这个女人缠他缠得很紧，现在有麻烦了。”

“怎么会这样！”我气得要命。我实在看不懂顾凯这个男人，他看起来相貌堂堂，为人很正直，可是却屡屡出轨，我想他一定有什么心理问题。如果韩斌是个这样的男人，我一定一脚把他踢到爪哇岛去。我早就劝姑姑离婚算了，又不是离开了顾凯，她就找不到别的男人。

“姑姑，你怎么不干脆跟他离婚呢？以前你老说孩子太小，忍了，现在，顾长天九岁了，也能够懂道理了，离婚又不是什么天塌下来的事情，虽然说对孩子可能有伤害，可是顾凯这样，你们家庭如果不和睦，那不一样也对孩子有伤害吗？你们离婚带来的伤害毕竟有限，美国总统奥巴马才两岁多，父母就离婚了，人家不是照样当总统？"

姑姑的神情非常疲惫，她说："杜鹃，我也不知道为什么，对顾凯一直不死心。他其实对我很好，很爱这个家，更重要的是，我对他仍然有感情。至于他为什么要一再出轨，我也和你一样无法理解。无法理解又无法放开的事情，只好试着接受。这次，跟你姑父纠缠不清的是一年前他住院时看护他的那个护士，名叫林虹。你应该见过那个护士，那个林虹，人很年轻，长得也不错，我搞不懂他们怎么就混在了一起。"

我张大了嘴巴，我见过那个护士。顾凯住院的时候，我和韩斌去看望他，见过一个护士，长得很秀气。当时她好像比较忙，打了一个转就走了，但已经让我对她有了印象。不过，我相信她对我不会有印象，因为她似乎有些慌乱，根本没仔细看过我们。

唉，要说这个顾凯，其实也蛮可怜的。由于工作的原因，他长年累月泡在酒精里，号称"酒精考验"，搞得自己一不小心心脏病发作，还好抢救及时。虽然人是康复了，想不到却又爱上了看护他的护士，真是一段孽缘。

姑姑继续说："更糟糕的是，林虹怀孕了，还不肯把孩子打掉，居然找到我，要我把顾凯让给她。她说如果这次打掉孩子，这辈子就不能怀孕了。"

我的嘴巴已经不能张得更大了，看来这世界上，真是什么事情都可能发生。

"而且事情还没完。我上次去长沙找心理咨询师做了咨询，感觉比较好，决定再一次原谅顾凯，后来，我把这个心理咨询师介绍给林虹，结果，林虹也去找了这个心理咨询师。"

“发生什么事了？”

“这个心理咨询师叫晓梦，她今天给我打电话，说林虹有自杀倾向。”

“她自不自杀关你什么事？这种人，自取灭亡，死了也活该。”

“杜鹃，别说小孩子话。她真要自杀，很可能顾凯也脱不了干系。”

原来姑姑还是在为顾凯考虑，这让我无话可说。

姑姑继续说：“我把你喊过来，跟你说这个事，是想让你跟林虹接触，密切注意她的情况，最好跟她交上朋友，尽可能让她打消自杀的念头。”

什么？让我跟她的情敌交朋友？让她的情敌不要自杀？这，是不是太荒谬了？而且，我杜子归又不是心理医生，我有什么本事让她不要自杀？

我吞吞吐吐地说：“姑姑，这个活，我可不想接，我可能也做不好。”

杜红雨同志坚定地说：“不行，杜鹃，这件事，非你莫属。你想，除了你，还有谁能替顾凯保密？而且你这么年轻，你这个年龄段的人跟林虹才有共同语言。等下你再跟晓梦老师交流一下，看怎么做才好，你一定能够帮助林虹的；事实上，帮助那个女人，就是在帮顾凯，就是在帮我。杜鹃，你必须要帮姑姑这个忙，算我求你。”

唉，杜红雨同志都把话说到这个份儿上了，我还有什么好说的呢？何况，我对林虹也有些好奇，她为什么会爱上顾凯？我真的有能力让她转移对顾凯的迷恋吗？

好吧，我愿意挑战自己。我拿出手机，给那个叫晓梦的心理咨询师打电话，讨教具体的做法。

谋事在人，成事在天吧！

Chapter 19

林虹：人镜

One

我，林虹，一个苦命的倒霉的女人，今天觉得有难得的兴奋，因为我的病房里接收了一个非常特别的年轻女病人，她非同寻常的经历吸引了我。

我的病房一般只接收领导干部，看来这个女病人是有来历的。而且，她长得真是太漂亮了，漂亮的女孩儿更容易有麻烦，怪不得有“天妒红颜”这么个说法。不过，说实话，我总觉得似乎在哪里见过这个女孩儿，特别眼熟。

她叫杨娟，非常信任我。进了病房没多久，就主动开始跟我说话，我不怎么理会她，她也不介意，只管自己絮絮叨叨地说，连她的隐私都告诉了我。原来，她也有跟我差不多的遭遇，也是爱上了一个有妇之夫，也是怀孕了，那个人却要她把孩子打掉。她说她是刚到长沙做完流产手术，身体不好，才到医院里来养病的。我猜那个幕后的男人一定跟顾凯一样，也是有身份、有地位的。

同是天涯沦落人，我不由得对她产生了深深的同情。唉，这么漂亮的女孩儿，本来可以有多么辉煌的前景啊，怎么偏偏爱上一个有家的男人？这个念头让我突然愣住了，我突然发现她是我的一面镜子。

我自己不也是这样吗？难道我不是一样可以找一个很好的年轻男孩儿来爱吗？为什么要爱上顾凯？跟有家有室的男人谈恋爱，简直就像掉进了泥沼，一边挣扎一边沉沦，泥巴淹到头顶了，到死都不知道自己是怎么死的。

本来这段时间我无比消沉，一天到晚就想人活着有什么意义，还不如死去，甚至在思考什么样的死法对我比较合适。当然，如果我真的去死，我不会轻易放过顾凯，最低限度，我会给他一个深刻的教训，比如，让他身败名裂，总之，我不能白死。

现在，这个新来的病人引起了我的好奇心，我决定好好跟她聊聊。

“杨娟，你条件这么好，为什么会爱上一个有妇之夫呢？”

“我也说不太清楚，跟他接触的时间一长，糊里糊涂地就爱上了，可能我喜欢他又成熟又成功吧！”

这跟我有相似之处，我寻思。我爱顾凯，也是因为他又成熟又成功。当然，这只是其中一个原因，还有什么其他原因，那是我自己也说不清楚的。因为我接触的又成熟又成功的男人其实也不少，怎么单单就爱上了他？难道是因为顾凯身上有我父亲的影子？是的，我的父亲也是帅气的，我的父亲也有一定的大男子主义，我的父亲也很坚强。我突然回忆起一个细节，顾凯刚到我病房来的时候，刚开始我给他打针，由于莫名其妙有些紧张，居然打不进血管，要重打，而他却不但不喊痛，反倒微笑着鼓励我：“没关系，再来。”说实话，这让我非常感动。其实我打针的技术相当高明，第一次给他打针竟然出现意外，让我自己都搞不清楚究竟是怎么回事。

我决定继续跟杨娟聊下去，因为我发现，跟她聊天，我会想起一些平常自己根本不会去想的东西。

“杨娟，是他要你把孩子打掉的吗？”

“是我自己想打掉的。”

“为什么？”

“因为他不肯跟我结婚，就算把孩子生下来，这孩子也没有一个完整的家，没有一个名正言顺的父亲，会受到歧视的。”

我哆嗦了一下，这一点，我也同样想到过，只是没有很明确地在心里形成一个概念。其实我一天到晚逼顾凯娶我，不就是为了避免这种情形吗?

“那你可以逼他离婚啊！你这么漂亮，他肯定很爱你，难道他会不听你的话吗？”

“男人啊，他很清醒。我爱的那个人，他和老婆关系很好，根本不想离婚，而且，他们也有一个很健康、很聪明的孩子，所以，离婚就更难了。我还是趁早放弃，免得以后年龄大了，想找个老公一起过日子都找不到。”杨娟说着这话，很难过的样子。我不禁黯然，她的情况实在是跟我太相似了。女人啊，命怎么都这么苦！

“这些天我想得很清楚，我决定离开他算了。年轻的女孩儿，永远玩不过那么些老男人。他们根本不会对我们认真，就算认真，也不会轻易给我们婚姻，不如找个年龄相当的人过一辈子。就算找个年龄大一点的，也要找那种有自由之身的才行。如果你打算结婚，有妇之夫，永远不要去碰。”

我真的觉得好同情她。看到她，我觉得好像看到了我自己的命运。

她叹口气，突然问我：“林护士，你长得这么漂亮，一定有好多人追你吧？”

我愣了愣，是的，是有不少人追过我，可这段时间，我的心思都用到顾凯身上去了。我是不是真的不该这么做？我是不是一开始就要警告自己不要去爱一个已婚男人？到现在，我遍体鳞伤，图的是什么？还有，我肚子里的孩子，是多么无辜。说实话，我不是故意要让自己怀孕的。以前听医生说我可能不能再怀孕，所以，我一直没有刻意去避孕，没想到，还是怀上了。本以为有了孩子，情况会出现转机，可是，没想到顾凯还是不愿意跟我结婚。其实，我早该料到这样的结果。

真是奇怪，这么简单的道理，为什么我一直没看破？为什么一定要把自己逼得走投无路，一定要看到别人血淋淋的教训，才有所觉醒？

杨娟突然说要给我看手相，她说她对手相很有研究。

我半信半疑地把手伸给她，她说："你的爱情线其实挺清晰的，你是个比较执着的人，爱一个人，轻易不会变心，但是，你可能会爱错人；你的身体健康状况一直不是太好，不过，倒也没什么大毛病。"

我觉得她说得很对，于是专心听起来。

她接着说："你一生中会谈四次以上的恋爱。"

我开始在自己头脑里验证这句话，如果说大学期间那一次算是第一次；后来跟一个医生谈过恋爱，然后吹了；和顾凯算是第三次；那，我真的还会再谈一次恋爱吗？

杨娟仿佛读懂了我的心事，又说："你的经历有些曲折，你想要得到幸福，恐怕要付出比别人多得多的努力。你会爱上父亲型的男人，但最终，你会跟你的同龄人结婚。"

听了这话，我的情绪变得低落。也许她真的是对的，但我已经没心情听她唠叨，于是不再理会这个新来的病人。

她很聪明，察觉到了我的不耐烦，于是也不再说什么。

晚上回到家，一闲下来，孤独的感觉开始啃噬我。我给顾凯打电话，他却挂了。不！顾凯，你不能这样抛弃我！不知道为什么，当他挂掉我的电话的时候，我觉得特别痛苦，就好像自己被抛弃了一样，整颗心都像沉进了痛苦的深渊。

我再打过去，他再挂掉，后来，他回了两个字："有事"，然后，干脆关了机。我知道他应该不会无缘无故不接我的电话，很可能他跟他的老婆孩子在一起。可是，他就那么在意他的老婆吗？他一点都不考虑我的感受吗？

这样的情形在我和他之间经常发生。有时候不方便，他就挂我的电话，而我如果心情好，能够体谅他，也就算了；如果心情不够好，我就会任性地一直打下去，打到他接电话或者关机为止。

顾凯，你，你怎么能够这么无情？你真的一点都不爱我了吗？如果一个女人过的是正常的生活，如果她是名正言顺地嫁给一个男人，当她怀孕的时候，她一定像娇贵的公主一般受到呵护。可是，我却受到这样的待遇，被拒绝，被抛弃。这不公平，不公平！

这一刻，我对顾凯恨之入骨，连杀他的心都有。

我整夜无眠，开始思考自己何去何从。

Two

第二天一大早，我忍不住把我自己的遭遇也讲给杨娟听，但我没说顾凯的真实名字和身份，只是告诉她，我和她一样，爱上了一个不肯给我婚姻的已婚男人，而且我现在也有了身孕。

杨娟瞪大了眼睛："林姐姐，那你打算怎么办？"

"我也不知道该怎么办，我有时候老是想一死了之，一了百了。"

"别这么傻，人死了，就什么希望都没有了，你们家还有什么人呢？"

"只有我妈妈，我爸爸在我七岁的时候就死了。"

"那如果你也死了，你妈妈岂不是更加没办法活下去了？"

"是啊，如果不是有我妈妈，我早就死了。我妈妈当年也是这么说，如果没有我，她早就死了。"

“是啊，你们是要相依为命才行啊！人要死，那太容易了！活着，好好活着，才难。应该这样想，如果一个人连死都不怕，那就更不怕活着了。”

“唉！”

“光叹气没用，你得为自己、为你妈妈做个打算。”

我闷闷不乐地说：“我打算把孩子生下来，逼他跟我结婚。”

“可是你有把握逼他吗？你觉得他会跟你结婚吗？”

“我没把握。”

“那如果你把孩子生下来，他还是不跟你结婚呢？”

“我就去他单位上揭发他。”

“你这样做的目的是什么？”

“就是要逼他跟我在一起。”

“你这样做，只会让他恨你，更加不会跟你在一起。或者，就算他勉强跟你在一起，你们也不会幸福的。”

“我不管。”

“你做的这一切，如果不是为了彼此过得幸福，那有什么意义？”

我无语，是啊，我这样做有什么意义？为什么我不能过得幸福？这么多年来，从我父亲去世那一天起，我似乎从来没有幸福过。和顾凯在一起，其实我的内心总是充满痛苦和悲伤的，欢乐的感觉也总是一眨眼就不见了。为什么我要这样？我真的已经没有幸福的可能了吗？

这一刻，我想起我的妈妈，她一天到晚在家里唉声叹气，抱怨自己身体不好，精神不好，什么都不好。不！不！不！我们母女不该是这个样子。

可是，怎么样，我才能幸福呢？

这时候，我收到顾凯的短信:“虹，对不起，昨晚不方便接你的电话，我仍然爱你，希望你能快乐地过好每一天。”

我流下泪来，我知道顾凯并非在玩弄我的感情。在他生病、我用心照顾他那种特殊的情况下，他确实是爱我的，可他也同时是爱他的家的，他无法给我我要的幸福。

杨娟很快就要出院了。这两天，我们相处得亲如姐妹，彼此留了对方的手机号码。

我决定像杨娟一样，过几天到长沙去做流产手术，我把我的决定告诉了杨娟，也告诉了顾凯。

杨娟说她相信我的决定是对的，一个人如果觉得自己过得不幸福，就要有勇气给自己一个新的开始。

顾凯则答应陪我去长沙做手术。我是把顾凯叫到我们的家里，当面告诉他我的决定的。

我说:“凯，我想清楚了，我们不能要这个孩子。”

听完我的话，他当时没作声，只是把我搂进怀里，过了好久，才轻轻地说:“宝贝，你受苦了！下辈子，我们一定要名正言顺在一起，生一个又健康又聪明的好孩子。”

我不说话，紧紧抱着他，不停地流泪。

Chapter 20

晓梦：曲线救人

One

我，心理咨询师晓梦，有时候忍不住想，我是不是在多管闲事。

在心理咨询这个行业，在长沙，我已经积累了相当的认同度，常常有人预约我的咨询。

最近我常常为林虹担忧，担心她真的自杀。而林虹只是找我做过一次心理咨询，严格地说，那不完全是咨询，她只是想从我这里了解情况，而我只是感觉到她有自杀倾向，最后她究竟是否会自杀，跟我有什么关系？而我却打电话给杜红雨，其实当时我根本没有把握杜红雨会怎么应对我传递给她的消息。

我完全没想到杜红雨是如此善良的一个女人，她竟然会说服自己的侄女去演一场戏，设法让林虹打消自杀的念头。当然，杜红雨这样做，肯定也有其他考虑，比如说她是为了帮她自己的老公，但她毕竟做了一件善事。

杜红雨的侄女杜鹃也是个同样冰雪聪明的女子，我在电话里大概跟她做了交流，我认为她的角色是让林虹看到自己的影子，有所醒悟，最终面对自己的困境。她居然成功地让林虹改变了主意，也决定来长沙做流产手术。

看起来事情正在顺利发展，而我却依然有困惑。我开始思索的问题是，林虹决定做流产手术，是否真是解决问题的最好办法?

对顾凯来说，他不打算跟林虹结婚，当然并不希望林虹怀孕，流产肯定是符合他的心愿的；对杜红雨来说，林虹流产当然是最好的选择，不然她的婚姻就会面临更大的挑战；然而，对林虹来说呢？对林虹肚子里的孩子来说呢？流产真是最好的决定吗？谁能说得清楚?

林虹决定流产，应该是深思熟虑的。并没有人逼迫她这样做，虽然我们为了帮助她做出决定设计了一个局，给了她一些诱导，但那仅仅是诱导，决定权仍然在她自己手里。

可是问题依然存在。作为心理咨询师，我很清楚，林虹流产之后，很可能自杀的念头会进一步深化。因为她本来把希望寄托在肚子里的孩子身上，希望通过孩子可以让顾凯决定娶她。现在，孩子没了，她很可能在某些瞬间产生更为严重的幻灭感，自杀的可能性甚至比以前更大。

我把这种可能性也告诉了杜红雨，杜红雨接我电话的时候有些心不在焉，她说：“我真不知道这世界上人与人之间的关系为什么会那么复杂，复杂到了让人无可奈何的地步。如果我也是一个脆弱的女人，那我是不是也会想到自杀？”

她的话让我无言以对，我只好笑笑说：“幸亏你是个坚强的女人，所以事情还算有救。”

她叹息道：“晓梦老师，谢谢你！你是一个非常善良的人。”

我说：“你也是。正因为这世界上善良的人多，所以，我们才会活得充满希望。”

她又说：“晓梦老师，你放心，我会尽力而为。应该说，发生这样的事情，我自己也有责任，也许，是我对顾凯太放任了。我太相信我们之间的感情，太相信他爱我，爱我们的家，所以，我对他的管束是很少的。也许，女人有时候要强悍一些。我不记得谁说过，宁为悍妇，不为怨妇，但我现在都快成为一个怨妇了。”

我笑道：“你有这样的觉醒，也许不是坏事。”

她说她这些天好忙，有个大案要开庭，她正在做准备。于是，我赶紧向她道别。

我在咨询公司的电脑上整理来访者的心理咨询手记，然后，我的手机响了。

我看看号码，并不熟悉，按下接听键，我“喂”了一声。

对方是个中年男人，也“喂”了一声，然后不说话，似乎不知道该说什么。

于是我问：“您是哪位？”

“我确认一下，您是晓梦老师吗？”

“对，您是？”

“我，我是杜红雨律师的先生，我叫顾凯，现在在长沙。”

“哦。”其实我有些意外，但不想流露自己的情绪，只是淡淡地应了一声。

“我本来想过来见见您，但是，我现在在医院里，走不开。我想，我的事，您可能知道一些。”

“嗯，应该说确实知道一些。”如果我没有猜错，他应该是在医院里陪林虹做流产手术。

“您觉得我现在应该怎么办？”

“你自己认为呢？”

“我当然不能抛下林虹不管，她现在在手术室里。但，我拿不准到底该怎么办，毕竟我有我自己的事业，有我自己的家。”

我不语，这个男人居然如此振振有词。你的事业、你的家，不是现在才横空出现的，刚开始的时候，你怎么就忘了这些呢？当然，这样的话，我不能明白地说出来。

“晓梦老师，你能不能告诉我一些方法，怎么样才能让林虹变得成熟、坚强、独立起来？”

Two

我叹息一声：“我不是救世主，你也不是。想要林虹变得成熟、坚强、独立，必须依靠她自己。就是说，要让她自己意识到这一点，她自己要有改变的愿望和能力，而且要让她自己对自己负责任。如果一个人自己对自己不能负责，别人是没有办法的。这是一个系统工程，不是一天两天，一个方法两个方法就能见效的。而且事情因人而异，就算做很久的努力，用很多种方法，也不是每个人都能变得成熟、坚强、独立。有的人，他也活了一辈子，可他一辈子都是孩子。你说的成熟、坚强之类，这都是些模糊的概念，根本没有可以衡量的标准。而且，也不是每个人都非要成熟、坚强不可。”

顾凯说：“至少现阶段，请您告诉我我可以做些什么。”

换作别人，我会说：“对不起，我没有这个义务，何况，你和我之间并没有形成咨询关系。”

可他是顾凯，是林虹的情人，是杜红雨的老公，我不是希望拯救林虹吗？他才是系铃人。

我顿了顿，慢慢地说：“作为一名资深的心理咨询师，我要告诉你，一般情况下，我们是会避免直接给来访者提建议的。但是，鉴于你目前面临的具体情况，在你面前，我可以谈谈我的一些想法，仅仅供你参考。不过，如果我的想法对你来说是错的，我也不可能对你负责，你只管听一听就行。假如你决定和林虹继续相爱，你自己知道怎么做。但如果你想和她分手，那么，你可以在行动上疏远林虹，但是，在语言上，你要永远对她有耐心，任何时候你都不能主动提分手，除非她自己有一天厌倦了和你的这种关系，要离开你。到那时候她想离开才能离开；而且，就算她又反悔，表示要回到你身边，你也不能拒绝。你永远没有权利拒绝她，永远！否则，你后果自负。你必须要陪着她这样走下去，直到她对你的爱和激情消耗殆尽，直到她自己要离开你。总之，这个平衡游戏，你既然启动了，就要玩到底，不然，一旦你一手建立的这个系统失去平衡，后果会相当严重，最严重的一环是，林虹很可能会自杀，或者做出其他的极端举动。还有，你不能让她觉察你已经知道她有自杀的念头，你要假装若无其事，不然会强化她的想法。总之，你要有无限耐心，绝对不可以失去耐心。你可能会很累，但，这是你自己找来的累。这就是我给你的答案，你也可以不接受我的建议，按你自己的想法去做。总之，你自己要对自己负责。”

他不语。

我等了几秒钟，见他没有进一步反应，便说了声再见，然后挂了电话。

他并没有和我建立起咨询关系，我没有义务长时间等待他的反应。除非恰好我很闲，而且有心情。可惜不巧，我今天既不闲，也没有足够好的心情去等待。

我已经尽力，接下来的事情，是他们各自的造化。

Chapter 21

林虹：与死亡相约

One

我，林虹，选择的是无痛可视人流。

我的痛觉非常敏感，平常就特别怕痛。比如说，从小到大，我连打普通的针都要痛哭。直到十八岁，一次重感冒要打针，只是肌肉注射，打在屁股上，我居然还是哇哇大哭。

命运真是太会捉弄人了，就我这样一个怕痛怕打针的人，偏偏成了一个一天到晚给别人打针的护士。只不过，我的技术非常高明，只要发挥正常，我打针到了出神入化的地步，连小孩子都不会喊痛。

不知道这无痛人流是不是真能做到无痛。

带着这样的不安情绪，我走进手术室。真没想到做人流手术的人那么多，居然要排队。

都是些可怜的女人。

都是些自作自受的女人。

当然，也有极少数无辜的女人。

有个女人为了表明自己的怀孕是清白的，骄傲地向另一个人讲述，她是如何容易怀孕，每次都要老公戴套套，可是还是怀孕了，而且一年之内连续怀了两次，足以说明她老公的精虫有多么强大的穿透力，能够穿透那一层弹性塑胶。

有人跟我搭讪，问我是不是第一次做人流，问我是怎么不小心中彩的。我不作声，没心情搭理，我不想丢脸地告诉别人我自己如何爱上了不该爱的人，想要这个孩子都不能要。

躺在医院产科手术台上，医生正准备给我注射麻醉药，我对医生说："大夫，麻烦你做手术的时候轻一点，我很怕痛。"

医生说："很快你就不会痛了，这是全身麻醉，麻醉药效果很好。"

她的话我半信半疑。

我确实很怕痛，可是我不怕死。

我的脑海里闪过无数跟死亡有关的念头。

说不定这次手术不成功，我会死在手术台上。

做完手术回到家里，我可能会吞安眠药自杀，或者故意把煤气打开也行。

做完手术我和顾凯一起吃饭，在饮料里下毒，我和顾凯同时身亡。

在回家的路上，我和顾凯乘坐的汽车发生车祸，我和他一起死去。

……

关于死亡的可能性还没设想完毕，我就在麻醉药的效力下彻底失去了知觉。

等我重新醒过来时，我已经被转移到另外一张病床上，在另外一间病房里，而我根本不知道自己昏迷了多久。

顾凯一直在外面等我，他已经等得不耐烦了吧？在等我的过程中，他想过一些什么？

然后医生告诉我，我可以自己走出去了。

我站起来，奇怪，简直像没发生过什么事情一样，我全身哪里都不痛，只是觉得有一点虚弱。

我走出手术室，顾凯过来扶住我。他的脸上有关心、内疚，也有鼓励的微笑。我一言不发地凝视他，在他的脸上寻找我们相爱的证据。我究竟有多么爱这个男人？我竟然愿意给他生孩子，而他却不肯。

我们去一楼大厅取药，因为做了手术，还要吃一些消炎的、促进康复的药。顾凯一直在身边陪着我，我的手很冷，一直牵住他暖和的手不放。

为了证明我自己没事了，我甚至试着跳了两下。确实没事了，我又可以活蹦乱跳了。我转眼凝望顾凯。这个男人，他的心是什么做的？我们本来可以很幸福，可他在有些事情上，却那么残忍。

我们一起回到酒店，打电话让餐饮部送餐。

顾凯叫了许多好吃的、滋补的东西：花旗参炖乌鸡、清蒸桂鱼、西蓝花等。

我心不在焉地翻看我的体检材料，在那张 B 超单上，我突然看到此前从没注意过的两个字：活胎。

一个活生生的胎儿。

我的泪瞬间落下来。

顾凯，我们两个人是刽子手，我们杀死了自己的孩子。那个孩子，我肚子里的一小块肉，现在，没有了；那个孩子，本来可以是我们生命的延续，现在，没有了。

我哭出声来，顾凯不作声，用纸巾为我拭泪。他捧起我的脸，轻轻吻了吻我。

经历过这样一场手术，生理上，我居然一点都不痛，心却剧烈地痛了起来，我感觉到自己的心在一点一点地碎裂。

夜里，我们躺在床上，顾凯一直抱着我，我突然强烈地想要和他恩爱一场。

我当然知道做了流产手术后，为健康着想，至少要一个月以后才可以有性生活，可我就是想要拥有顾凯。

立刻，马上。

我要他，他是我全心全意爱着的男人，哪怕死了我也要要他。

顾凯有些为难。

我不放弃，我抱住他，吻他。我要他，我知道他的沸点在哪里。

他开始喘息，他很小心地没有进到我的身体里。而在那样的时刻，我居然像许多次和顾凯在一起的时候那样，我的身体达到了快乐的巅峰。

这痴愚的肉体啊！饱受折磨却依然能够快乐的肉体啊！

顾凯，顾凯，我是真心爱你的，我们也是真心相爱的。

回到林邑，顾凯又回了自己的家。临走前他要我把我的妈妈请过来陪我住，他说他不放心我，盯着我要我打妈妈的电话，我照办了，妈妈也答应过来。当然我没说我刚做过流产手术，只是告诉妈妈最近我不太舒服。

以前我和妈妈是分开住的，因为妈妈住的地方离我的单位太远，我只是过个两三天就去看她。

妈妈的头发白得很厉害，像一场岁月的雪。

见我虚弱地躺在床上，妈妈并没有多问。她只知道我不舒服，她认为可能是我工作太累，也可能是我不小心染上什么病。她给我端来鸡汤说："你呀，这么大了，还要妈妈操心。什么时候找个人来照顾你才好，就像以前你爸爸照顾我一样。"

我的泪水流下来。

我的妈妈，她这辈子似乎一直生活在对爸爸的回忆里。这不是一场悲剧吗？为什么我要延续她的悲剧呢？

不，男人不应该用来回忆，男人应该是用来爱的，用来疼的。如果一个男人并没有死，却总是让我回忆，而不是每天跟我联系，在我的身边陪着我，最好我别要这个男人。

我低头喝鸡汤，不接妈妈的话。

这时候，我的手机进来一条短信："最近可好？《查拉图斯特拉如是说》看完了吗？想请你吃饭聊聊这本书呢！"

我模糊地想起一个年轻男子，笑起来阳光灿烂，似乎很单纯。我们是一个多月前在书店里买书的时候认识的，那时候我还不知道自己怀孕了。当时他拿在手里看的那本书，《查拉图斯特拉如是说》，我很想买下来，但书架上只有那一本了，之后他把书让给了我。我们随意聊了几句，在他的要求下，我把电话留给他。他说他叫陆明，是一家装修设计公司的经理。

自那以后，陆明陆续给我发过好几次短信，我只是淡淡地敷衍了事。

这已经是他发给我的第六条短信了。

也许，我该给自己一个新的开始？

我回短信道："书没看完。过一段时间我们再约吧，这阵子我很忙，谢谢你记得我。"

Two

我在家里休息了个把星期，然后开始上班。

我的睡眠越来越糟糕，尤其在这个夜里，我完全无法入睡。

今天是 11 月 11 日，这个特殊的日子，人们把这一天叫作"光棍节”。我上了一整天班，顾凯仍然没有联系我。以前的每一个节日，不管是什么节，我们都会有联系，如果有机会，我们总是在一起。顾凯是个热爱生活的人，不管什么节，他都喜欢。他说，不管洋节、传统节，其实都是给自己多找一个快乐的理由。只要是节，就可以庆祝一下。

而这个节日，他音信全无。

陆明倒是邀请我去吃饭，不过我以加班为借口，拒绝了。但拒绝得不彻底，我说改天再约。

夜里躺在床上，我再一次想到死亡。

为什么我会如此频繁地想到死亡？它想要跟我约会吗？也许我很快就会死去？

我干脆爬起来。

妈妈睡在里面的小间，我让她关门睡，因为我怕我自己睡不好，老有动静，会影响她。

我要写两封信，我要为自己做好准备，可我却迟迟无法动笔。

我一下子去烧一壶水，一下子去削一个苹果，一下子想要洗个头，但半夜三更的，洗什么头？

我突然明白，我想写的是遗书。要写却又如此拖延，说明我根本不想写什么遗书，说明我根本不想去死。

又有谁会无缘无故想去死呢？活着多好啊！

可我必须写好这两封信，因为收信的这两个人是我在这世上最牵挂的人。说不定哪天，这两封信就会派上用场。

我终于安静地坐下，开始动笔。

亲爱的妈妈:

您好!

看到这封信的时候，我希望您的脸上有笑容。要知道，笑容对您来说，简直是一件奢侈的东西。所以，为了满足我的愿望，妈妈，您先笑一笑。

不知道谁说过，人生是苦海。在您的身上，我确实看到了深深的、苦难的海。

妈妈，我非常同情您，您和爸爸那么相爱，却又阴阳两隔；而现在，连您唯一的亲人、您看着长大的女儿，也要离开您了。

妈妈，其实您有一个非常美丽的名字，苏雨雁，非常好听，和您同年代的人，拥有这么诗意的名字的，真是不多。可是为什么，您的一生不但毫无诗意，而且会如此不幸?

其实这世界上有很多人过得很幸福，幸福确实是存在的。我真的不明白，妈妈，为什么我们母女从来不幸福、不快乐呢? 是不是我们的今生，遭受过什么恶毒的诅咒?

妈妈，您其实可以再找一个爱您的人，为什么您不去找? 或者，即使不去找别人，一个人过，但至少，您该过得愉快些。

我其实也可以去找一个真心爱我的人，可是妈妈，像您一样，我也不想找，也许找也找不到。

当然，这世界上可能还有比我们更不幸的人。只不过，我想不出来，怎样的人才叫比我们更不幸。

妈妈，我总觉得其实在爸爸去世的那一刻，您的心仿佛就已经死了。陪伴我的，只是您的躯壳。

妈妈，现在，我对这个世界也彻底绝望了。不要问我为什么，我也说不清楚是为什么，既然和幸福快乐无缘，又何必去承受那么多痛苦呢? 我走了，您不必难过，接受这个现实吧。

如果您实在难以接受，我也没办法。

我不得不先走一步。

原谅女儿不孝。

虹儿

2011年11月11日

心爱的凯：

你是这世上，我唯一用心爱过的男人，至少我认为是这样。

我愿意你做如此的想象，想象我此刻正依偎在你的怀里，含笑凝望着你，偶尔亲亲你的脸庞，望着你读这封信。

而事实上，我已离开你，离得远远的，远得今生你再也见不到我。

有一首《离歌》，我很喜欢，里面有一句歌词："你说爱本就是梦境，跟你借的幸福，我只能还你。"

现在，我把一切都还给你。

你曾经那么宠爱我，我记得许多小事，有一段时间，不管我多么不合时宜地打你的电话，你总是一次次忍受我的任性和无理，尽可能温和地抚慰我，想尽一切办法尽可能及时回我的短信；和我一起吃饭的时候，有时候我们点的是套餐，应该分开吃，可你故意用筷子夹我碗里的饭菜吃；你经常温柔地凝望我，你的眼神告诉我，我是你心爱的女人；你总是尽可能把所有你认为好的东西带给我。你吻我，抱我，爱我，我们曾经是这世上最亲密的人，甚至连父亲来不及给我的那些宠爱，你都曾经给过我。这所有的宠爱，现在，全部还给你。

你曾经用心地思念过我。有时候喝多了，你会给我打电话，甚至在电话里唱歌，让我笑个不停；你会把别人发给你的短信转发给我，不管是深情的，还是搞笑的，只要你喜欢，你就会和我一起分享。这些用心的思念，现在，我还给你。

你曾经因为我们相爱而痛苦。有时候你会因为我不听话过于任性而苦恼；有时候你会因为我吵着要跟你分手而难过；我记得你一次又一次无可奈何地要求我："要听话，要乖。"我会因为你的痛苦而感动，偶尔还会有小小的得意，因为只有这样，只有你因为我而痛苦，我才能确定你是真的在意我，真的爱着我。这些因爱而产生的痛苦，可能你再也不会有了，也许我可以恭喜你终于解放了。既然你已经不爱我，那我还是离你而去吧！

我曾经那么爱你，我也把你当成孩子一样来宠爱；我像你的奴仆一样侍候你，我用心地给你洗脸、洗脚；我不愿你有一丝一毫不开心、不满意。我所做的一切，都是心甘情愿的。但愿这世上，还有一个人，可以像我一样对待你。

我还能说什么呢？什么也说不出来了。

请记得，心爱的凯，我们彼此深深地爱过。

我已离开，不再打扰你的梦。

最后一次爱你，吻你，拥抱你。

虹

2011 年 11 月 11 日决绝

我边写边无法抑止地掉眼泪，写完之后，我流着泪把两封信装进信封，放在一个带锁的抽屉里。

已是凌晨四点，我觉得精疲力竭，好久没感觉到如此困倦过。

一躺在床上，我就睡着了。我感觉到死亡默默守护着我，如同一只忠实的牧羊犬守护着熟睡的羊群。不同的是，死亡既忠心守护我，又可能随时扑上来吞噬我。

Chapter 22

杜红雨：爱与恨的纠缠

One

我，杜红雨，正在参加一个培训会，我是主讲专家。

“红雨，想你。”

即使把手机设置成静音状态，进来一条短信的时候，手机屏幕一亮，我还是刚好看到了。

我马上删掉这条短信，不动声色把手机放回原处。

这时我正坐在市妇联多功能厅的主席台上，妇联主席正在向台下两百多名妇联系统的女干部介绍我的身份。马上，我就要进行一场婚姻法的讲座。两个月以来，这已经是在全市范围内的第二十场讲座。一个人倘若名声在外，真的很容易被声名所累。

这段时间我不但要办案，处理法律顾问单位的各类诉讼或者非诉讼业务，还要四处讲课。当然，这种讲课倒也不是义务劳动。两个小时下来，一般会发给我几千块钱劳务费。对我来说，这点劳务费是小事，我并不放在眼里。关键是，我需要这样的场合来维持自己的知名度，这样才会有更多的业务主动找上门来。也就是说，既然走上了这条路，想不累都不行。

短信是秦啸声发给我的，他曾经是我的初恋男友。

我总疑心是不是我写在他大学毕业留言册上的一句话蛊惑了他，以至于都二十年过去了，他仍然如此放不下我。不知道为什么，那句话，我自己也记得很清楚，是这样写的："在世上的玫瑰园里，我不是最美最香的一朵，却该是你最珍爱最欣赏的一枝。"

我不知道为什么我会把这句话记得这么清楚，极可能是他告诉过我，我离开他之后，他的第一个老婆看到这句话，非常吃醋，好几天都不理他。

他结婚，然后离婚，现在又结了婚。用他自己的话说，他的第一个老婆，跟我同姓；他的第二个老婆，跟我同年。更荒谬的是，他找第二个老婆的时候，他自己不去见面，只要他的一个朋友去看看，他说朋友觉得行，他就行。这世上哪有这种愚蠢的男人？后来他告诉我，因为他的心里只有我，如果这辈子他不能跟我结婚，那么，跟谁结婚对他来说意义都不大，所以他不在意。听了这话，我心里有些感动，但更多的是难过。我觉得他做事情离谱了些，缺乏智慧，对自己太不负责，也怪不得我始终并没有爱上他，像顾凯这样有智慧、有成就，又能让我找到感觉的男人才能够真正征服我。

可秦啸声总是无法忘记我，他一天到晚就梦想着自己有朝一日成为一个成功人士，可以理直气壮地把我从顾凯身边抢走。他说："红雨，如果我有一天能够成为一个真正的富翁，我一定会要求你跟我结婚。可是目前，我太平凡了，我不可能让你跟着我受苦。红雨，我真的无法忘记你。"

我毫不含糊地说："就算你成为世界首富，我们也不会在一起。"

他确实很让我感动，可是，感动并不等于爱。他不知道问题最大的关键是，他没有成功地让我爱上他。如果我爱他，他是不是富翁根本不是关键，而且，我不管跟谁一起过日子，这辈子都不可能再受苦，至少物质上，我是富足的。我自己已经算得上成功了，我并不需要靠男人来养活我。

其实无法忘记有什么关系？不忘记就不忘记，不能忘记却老想着要忘记，那才是问题，那只会让自己更加无法忘记。

我现在还记得上大学时秦啸声追我的情景，当然，记住的主要是一些细节。有一天上晚自习，我故意躲开他，躲在某个平常根本不去的教室自习，他居然一间教室一间教室地找，从全校的几十间近百间对外开放用来晚自习的教室里把我寻了出来。当时的情景似乎历历在目，我坐在教室的角落里，看到他把头伸进来扫视一眼，没发现我，关了门正要走，马上又把头伸进来，再仔细地看一眼，这才发现了低头想要掩饰的我，于是坐到我身边来，气鼓鼓地盯着我，什么话也不说。

我应该是给他当了整整一个学期的女朋友，后来他毕业了，我又被别人追走了。

其实我并非水性杨花的女人，那时候，青春青涩的日子，我实在是太不懂事了，根本不知道自己要什么，也不知道什么样的人才适合自己，更不知道该如何彻底地拒绝，有两次被最大胆、最热烈的男生被动地追成女朋友。

这个时候我想到了和顾凯的恋爱。

Two

那时候顾凯并没有刻意追我，但是他确实也是很喜欢我的，正如我喜欢他一样。我们之间简直是心有灵犀，打了一两次交道，就成了恋人。最关键的突破口是，我第三次见到他的时候，跟他们单位领导一起吃饭，他作陪，最后，他送我回家。在路上，他突然一把拉住了我的手，我心里一颤，居然就任由他拉着，在一棵树下，路灯的阴影里，他霸道地亲吻了我，而我，起初还只是不抗拒，后来居然热烈地回应了他，我真的说不清楚为什么会这样。人们的潜意识会自然地寻找并爱上合适的人，不需要太多的理性思考。

我很高兴当我遇到顾凯的时候，终于已经比较成熟，懂得自己要什么了。顾凯是个很有激情的男人，当他决定要做一件事情的时候，总会全力以赴取得成功。

他身上有许多优秀的品质，可是，我唯一不要的是顾凯的花心。

我不知道是大部分男人都会花心，还是我遇到的这个男人恰好容易花心。

听杜鹃说，韩斌不花心，可是一个能够让我爱上他，同时他也很爱我，而且还不花心的男人，我想这辈子我已没有机会遇到；秦啸声不花心，这么多年来，他结了婚，心里还是只有我，他曾经对我说过，他和老婆在床上的时候，也要想着我才行。

其实，我和他之间一直比较清白，仅限于拥抱和接吻。之所以清白，也许，就因为我不够爱他。我很内疚，我好像从来没有真正爱过他。年轻的时候，是不懂事，不爱他却懵懵懂懂地和他谈恋爱；后来懂事了，觉得他和我，确实不是同一类人，自然更加无法在意他。但平心而论，我不讨厌他。

男人，还是要非常有能力，相当有魄力才招女人爱；男人，还是要有一些小小的恰到好处的“坏”，才能让女人爱。所以我会爱上顾凯，并且，即使他在外面做了什么坏事，只要他始终是爱我的，我亦无怨无悔。当然，他对我的感情也是不够深刻的。如果他足够爱我，知道我心里的痛苦，应该不会到处去惹是生非吧?

唉，关于爱情，再聪明的女人都有愚蠢的一面。我，居然，仍然爱一个背叛我的男人。其实我有些恨他，恨他负我。

我突然想起葡萄牙诗人佩索阿曾经说过的一句话："我爱它恰恰是因为我恨它。"爱与恨，总是这样纠缠不清。

如果杜鹃知道这一点，肯定会瞧不起我。我只是对她说我不想离婚是为了顾长天，是希望孩子有一个完整的家。而事实上我不离婚的真正原因，其实是因为我依然爱顾凯。杜鹃一直把我当成她心中的偶像，可是，偶像也有黄昏。

其实恋爱之初，顾凯非常牵挂我，每天都给我打电话、发短信，这个习惯即使结婚之后也仍然保持了一两年。但是后来，他就老是不记得我了。大多数情况下都是我主动给他打电话、发短信，他只有不回家吃饭才会敷衍地发条短信："今晚陪领导吃饭。"

我想起韩寒在《他的国》这本书里借男主人公的口说："难怪男人有了事业都顾不上女人了……当然，是顾不上熟悉的女人。"这简直是泄露天机。男人们，可能大部分如此吧？我觉得这句话的后部分可以纠正一下："当然，是顾不上已经爱上他的女人。"

其实，这其中有可以理解的成分。因为人性，常常是对陌生的、新鲜的人感到好奇，充满热忱，一旦一个女人被一个男人征服，那么，这个女人在那个男人面前会立刻贬值，或多或少是如此的。当然，也有重感情、恋旧的男人，这种男人是女人梦寐以求的优质男人，但顾凯不是这种好男人。

上完课，我给秦啸声回了短信："谢谢牵挂，我很忙，你多保重。"

我对他很平淡，保持着基本的礼貌和客气。

不知道他是不是一辈子都会对我念念不忘，反正目前的情形是，我从不主动联系他，而他总会隔一段时间又联系我，问问我的情况。有时候我换了电话号码也不告诉他，可他总有办法能够找到我。感情这回事，有时候真没有公平可言。爱就是爱，不爱就是不爱。不是你付出得越多，就能够得到更多。也许，这样被一个人牵挂着，应该是一种幸福吧。

杜鹃知道秦啸声的故事，她说："秦啸声是个情痴，只可惜，他太平庸了。"我笑笑说："能够做到二十年只爱一个人，倒也不算太平庸了。"

假如顾凯也能如此爱我，该有多么好。

不知道为什么，我非常能够理解他爱上林虹。晓梦告诉过我，一个人在脆弱的时候，特别容易爱上那个带给他安慰的人。

我很后悔在顾凯住院那段时间，我稍稍忽略了他。可是，我实在是太忙了，这一点他难道不能够理解吗?

我相信他和林虹的感情总会成为过去。就算他们是真心相爱的，可是，没有婚姻或者某些实质性事物的支持，比如孩子，爱情只会是空中楼阁，这空中楼阁的坍塌只是时间问题，除非这两个人有过人的毅力和激情。如果真是这样，如果他们真能爱到这样的程度，我认了，我佩服他们，甚至顾凯让我退出都可以。只要他一句话就行，我愿意成全他们。

如果你很爱一个人，而这个人的心却不在你身上，这样的爱，太委屈了，而我不想让自己太委屈。

Chapter 23

杜子归：无罪辩护

One

我，杜子归，想起前段时间在林虹面前演的那场戏，到现在还有些心跳。我实在不懂得怎么演戏，姑姑安排我用“杨娟”的化名住进林虹病房，跟她接触了几天。此前，我特意跟心理咨询师晓梦通了电话，向她请教我应该怎么做，但她并没有给出具体的做法，只是说让我想办法扮演林虹，但要小心，不能让林虹看出来是故意演给她看的。

按说这出戏倒也不难演，我不过是假装爱上一个有妇之夫的年轻女子，在被逼流产之后开始反思自己的行为，觉得自己走错了路，要开始一个新的人生。流产是我和姑姑商量之后的说法，因为如果不说流产，我的身体就找不到虚弱的原因。不得不承认，我假扮流产，有诱导林虹的企图。人都是自私的，但，到底要不要流产，最终的决定权仍然在林虹自己手里。

起初我有很多顾虑，因为生活中我是那么真实的一个人，从小到大几乎不曾撒谎，如果我演砸了，怎么办？

很快我就发现自己确实在很多方面是有天赋的，包括表演，比如我给林虹看手相那场戏，事实上，看手相是我无意中学到的一招。

据说，心理学上有一个说法，叫作“福勒效应”，这个定理是说，有的评价和说法其实是带有普遍适用性的，一些话可以用在很多人身上，但是，人们往往会认为这些说法是针对自己的，会认为这些模棱两可的描述很符合自身情况，然后主动选择性地把那些话加以理解，自动对号入座。我于是根据已经掌握的信息，对林虹察言观色，再根据自己的想象胡说一通，没想到，林虹居然真的认为我说得很对。这说明林虹其实是个天真善良的女人，只有天真善良的女人才容易轻信。

我觉得我对林虹充满了同情，也对人性的脆弱之处满怀怜悯。顾凯也好，林虹也好，其实他们都不坏，只不过，他们没能妥善面对自己的脆弱之处。

林虹其实是个不错的女人。她很周到，很细心，对病人也相当有耐心。我假扮病人的时候，她对我的关心可以称得上无微不至。我想，当初她照料顾凯的时候，并不是处心积虑地想当他的情人，应该是情不自禁爱上了他。顾凯对女人的杀伤力确实是很大的，何况他们朝夕相处。

出于对这个女人的同情，我也发自内心地想要给她指出一条我自己也认为妥当的道路。

没想到，效果出奇得好，我离开病房之后，林虹居然主动给顾凯打电话说要去长沙流产，就像我在那个故事里扮演的角色和剧情一样。

算了，总之，我成功地客串了一出戏，现在，我要全力以赴做我自己的事情了。我真是太忙了，一方面，韩斌的教育公司刚刚开张，我经常要去搭把手，帮他做一下管理；另一方面，我手里已经有两三个案子。当然，都是些小案子，离婚诉讼呀，欠款纠纷呀。小律师，就只能做些小案子，但我要先把小案子做漂亮，将来我在这一行做出名气和影响来，才有机会接触大案、要案。

龚晓骏的盗窃案就要开庭了，这是我做的第一件刑事案，我要尽可能表现得出色一些。

龚鹏程夫妇特意从长沙过来旁听庭审。

龚晓骏出现在犯罪嫌疑人的铁栏杆里的时候，我发现他眼角青了一大块。我走过去问他怎么回事，他先是咬着嘴没说话，后来轻描淡写地回答我说没什么，是他自己不小心弄的。

我只能猜测可能是看守所里的哪个犯罪嫌疑人打了他。一个人在那种被禁锢的环境里，是很容易行为失常的。据我所知，犯人之间互殴，简直是家常便饭。当然，也有可能是他在里面受到了政府管教人员的体罚。尽管这是法律所不允许的，但是，各种体罚一样是家常便饭。总之，你不能用常规思维去判断发生在看守所里的事情。

法庭调查过程中，龚晓骏只说了一句话："我没有参与盗窃，我的辩护律师会为我发表辩护意见。"

因为本案涉及五六个犯罪嫌疑人，辩护律师也多达五六个，我是其中唯一的女律师，因而更为打眼。

当我发言的时候，几乎所有的人都目不转睛地望着我。也许他们更感兴趣的是，想要鉴别一下他们面前这位女律师是否是一个绣花枕头。

Two

庭审过程中没有出现任何对龚晓骏不利的情形。

我提前用心写了书面辩护词，而且辩护词非常简单，在辩护环节，我只需要对着念一遍：

辩护词

尊敬的审判长、审判员：

天宇大成律师事务所接受被告人龚晓骏近亲属的委托，指派杜子归律师担任被告人龚晓骏的辩护人，杜子归律师接受委托之后，依法会见了被告人龚晓骏，查阅了本案的卷宗材料，现结合今天的庭审发表辩护意见如下：

辩护人杜子归对起诉书指控被告人龚晓骏的行为构成犯罪、应当追究刑事责任表示异议，龚晓骏是无罪的，事实和理由如下：

在本案中，被告人龚晓骏表面上是从犯，为盗窃望风，但事实上，龚晓骏根本不知道他自己在这起犯罪过程当中的角色，也不知道他的同伴到底要干什么，案发之前，龚晓骏确实是和这一伙人在一起，但他一直在一旁玩电脑游戏，而且玩得过于入迷，根本不知道这一伙人要去干什么；在案发过程中，他只是独自守在巷子口，没有做出任何其他举动。也就是说，主观上，他没有犯罪的故意；客观上，他对盗窃行为也没有起到任何作用。关于这一点，我有会见笔录为证，龚晓骏自己也可以当庭再陈述一次。

根据同案犯的供述，几乎所有涉及龚晓骏的指控都只是说他负责望风。但负责望风只是同案犯对龚晓骏的单方面期待，龚晓骏事先完全不知情，也没有参与犯罪。据此分析，本辩护人认为，龚晓骏是无罪的。

综上所述，本案被告人龚晓骏应无罪释放。以上辩护意见，请合议庭予以采纳。

谢谢！

我的辩护意见发表完毕之后，整个法庭一片哗然。事实上，审判长刘辉心里是有数的，因为之前我已经把我的想法跟他做了交流，当时他不置可否。

审判长刘辉问一名犯罪嫌疑人："你们认识龚晓骏多久了？是怎么认识的？"

"我们认识半年多了，是在网吧里玩电脑游戏的时候认识的。"

“你们为什么要在一起？”

“他一天到晚没地方去，自己要跟着我们。而且这个人从来不多事，不讨嫌，还经常请我们吃饭。”

“你们最后一次商量偷车的时候，龚晓骏在干什么？”

“他在玩电脑游戏。”

“他知道你们要去偷车吗？”

“嗯，我不知道他知不知道。”

后来，合议庭通过合议，当庭宣布龚晓骏无罪释放。

龚晓骏和他的母亲抱头痛哭；龚鹏程站在一边，脸上的神情，既欣喜，又有些尴尬。他特别握着我的手说：“小杜律师，非常感谢你！以后有机会，我会报答你。”

我微笑着说：“不客气。”心里充满了成就感。

我想，这个叛逆少年这次应该迷途知返了。

尽管这叛逆并非是他一个人的错。

蓝蓝的案子也是这段时间开的庭。

开庭之前，我意味深长地提醒蓝蓝对方威武法官找找感觉。蓝蓝非常聪明，我提个头，她就知尾了。

这个案子使用简易程序，方威武一个人担任独任审判员。他穿着法官袍，坐在法庭上，看起来形象更加威武。不过，他的表情是温和的，并没有故意要表现出威严的样子，他的话不偏不倚，滴水不漏。总之，在我看来，他是个相当有魅力的法官。

整个庭审过程，我注意到蓝蓝一直目不转睛地盯着方威武看。

看来有戏，拿到这个案子的判决书之后，我一定要好好撮合这两个人。之所以要等拿到判决书之后再行动，是因为，如果案子还没有结果，我们跟法官是要保持一定距离的。这是纪律。那些公正廉明的法官一般都会拒绝当事人及其代理人请吃请喝。当然，如果他们本来就是朋友，那又另当别论。总之，如果我在案子还没审结的时候就提出要把蓝蓝介绍给方威武的话，那多半会坏事。

其实中国法官这支队伍，已经被坊间和媒体妖魔化了，作为律师，作为经常直接跟法官打交道的人，我要在这里为他们当中的优秀分子说几句。

坊间动不动就说法官吃了原告吃被告，当然，这个“吃”字，里面水很深，不只是指吃饭，但对于小案子来说，可以把它理解为吃饭。其实这年头，谁还没地方吃饭吗？关于吃饭，有这么两个说法越来越流行：其一，吃什么不重要，重要的是跟谁一起吃；其二，愿意吃你的饭，那是给你面子。

一个真正想要有所作为的法官，对于跟当事人吃饭是毫无兴趣的。比如龚晓骏案的主审法官刘辉，我两次请他吃饭，他都以要陪领导为由婉言谢绝。我理解他这种反应的原因，那是因为我跟他不够熟悉。如果以后有机会多跟他打几次交道，当我再诚心请他吃饭的时候，他一定不会拒绝的。当然，也有些法官确实是吃了原告吃被告，我自己就曾经遇到过一位这样的法官，他吃当事人的饭的时候，不但点最好的菜、喝最高档的酒，完了还每人要拿条最高档的烟，那一次我的心都在替当事人流血。不过，像这样低素质的法官只是少数。

至于说在一些大案、要案中法官腐败的问题，这个我不想深谈，因为我接触得还不多，只是听姑姑说起过。我知道腐败的现象肯定是有的，但是，并不是司法这个领域才有腐败。这是整个国家、整个社会的问题，绝对不是靠一个人的道德情操就能解决的问题。现在有关部门不是在加大反腐败力度了吗？腐败是必须解决的问题，这样，一个国家才能欣欣向荣。

扯得太远了。总之，开庭之后，蓝蓝已经脸红红地对我承认，她对方威武法官很有感觉。

Chapter 24

杜红雨：化解不良情绪

One

我，杜红雨，这些天心情一直不怎么好。

我的闺中密友刘雨蝶邀请我去长沙参加一个新闻发布会，对外公布她的教育公司成立一个慈善基金会；正好一家法律顾问单位也要求我去长沙参加一场商务会谈，于是我可以顺便去给她捧个场。

这么冷的天，如果单单为了那个新闻发布会，我可能没那么大的干劲特意跑一次长沙。

事实上，我去长沙，还有一层更深的用意，想去散散心，因为这段时间林虹的事把我纠缠得太苦了。

多年来的经验表明，让自己过得忙碌而充实，是化解不良情绪的最好方式。

长沙正降暴雪，当地各大媒体以“暴雪围城”为题，纷纷对这场自 1972 年以来最大的一场雪进行报道。不时有碗口粗的树枝被大雪压断，有时候压在正在行驶的车辆上，有时候会压到过路的行人，情形有些危险，不过很快会有人把断了的树枝拖走，而鹅毛大雪仍在不紧不慢地下着。

新闻发布会在喜来登大酒店六楼会议厅举行。一进门，我迎面看到一块牌子上写着："重建留守儿童关爱系统教育基金会成立新闻发布会"。"留守儿童"这个词我早有耳闻，这应该是媒体近年来新造的一个词，是指那些父母外出务工而他们却留在家里上学、由其他亲属照顾的孩子。

刘雨蝶告诉我新闻发布会十点钟开始，我比较守时，然而到了之后，发现这位美女居然还顶着满头发卷，一位显然是职业美容师的人在给她化妆。后面一些新闻记者有的站在那里翘首以待，有的议论纷纷。居然在媒体记者的眼皮底下化妆！我忍不住摇头，这个想做大事业的小女子，在一些小节上，实在是太随意了些。

刘雨蝶这天打扮得非常漂亮，她首先发言，这次她的教育公司出资一百万成立教育基金会，是想给那些留守儿童提供一些最切实的帮助，她引用高尔基的话说："'苦难的童年是人生的财富'，苦难并不可怕，可怕的是没有爱的引导，我就怕孩子们缺乏父母的关爱，走上一条错误的人生道路。"

然后是一些基层政府官员发言，无非是些陈词滥调，表示感谢之类的话。给我印象最深的是晓梦的发言，她上台之前，我完全没想到会在这里看到她。一眼见她走到台前，我简直吃了一惊，暗想这个世界真是太小了。

晓梦说："我在这里跟大家分享三个关键词。一个是雪中送炭，一个是关爱系统，一个是巧合。所谓雪中送炭，我不用多说，相信大家来的时候，看到了笼罩长沙的这场大雪。刘总的教育公司给留守儿童提供这样的帮助，无疑是雪中送炭之举。

"第二个词语，关爱系统，我可以多说几句，我们每个人，在生命早期，都要得到足够多的关爱才能够健康快乐地成长。从小缺乏关爱的孩子，成年之后会引发许多社会问题和心理问题，比如可能会冷漠、自私，甚至反社会。为什么现在青少年犯罪的现象越来越严重?为什么犯罪呈现低龄化趋势？这跟青少年缺乏关爱是很有关联的。即使在婚姻情感领域，通常说，如果一个小女孩儿小时候没有得到父亲足够的爱，长大之后很容易产生恋父情结，只喜欢那种比她年长十岁左右甚至二十岁、三十岁的男性；反过来，男孩儿也是一样的，如果没有得到母亲足够的关爱，特别容易产生恋母情结。虽然说社会机构的关爱无法取代父母的关爱，但至少是一种弥补。

“至于最后一个词，巧合，这么说吧，我写了一本书，书名叫‘你内心的小纸人’，那其实是一本关于婚外情故事、写年轻女记者的情感历程的书，但书里面恰好有一整个章节写到采访留守儿童，我在书里虚拟了社会力量关注留守儿童这样一个情节，没想到，今天，真的有教育机构成立基金会来资助这些孩子，而且，恰好我是这次新闻发布会的嘉宾，不能不说是一个特别的巧合。为了这个巧合，我要格外感谢在座的每一位，是你们的努力，促使巧合的发生。希望我们大家都行动起来，给留守儿童一个尽可能不匮乏的童年。”

她的话音刚落，全场响起一阵热烈的掌声。

听完晓梦的发言，我才知道原来她还是一个作家。

最后一个出场的是刘雨蝶在北京认识的宋总，基金提供者，只认识刘雨蝶几天，就被“天杀”的那一位。他先是对政府机构、新闻媒体以及社会各界的支持表示感谢，然后对自己的教育梦想侃侃而谈。这是一个形象相当大气的男人，长得很耐看。

整个新闻发布会，从大的角度来说，是社会各界对留守儿童的关注；从小的角度来说，它其实是刘雨蝶精心策划的一场秀，秀给那位宋总看的，而她是这场秀的女主角。

这是一个非常聪明的女人，她把自己的王国建设得精妙绝伦。不是说女人通过征服男人来征服世界吗？她做到了，做得很精彩。我偶尔坏笑着问刘雨蝶是不是把那位宋总彻底征服了，她也会坏笑着反问我：“你说呢？”

Two

她的表情告诉我，一切无须言说。

“一将功成万骨枯”，这是此刻突然从我脑海里冒出来的一个句子。战争年代，需要士兵去充当炮灰，他们的尸骨造就了将军的成功之路；而在和平年代，在市场经济的大潮中，虽然没有战火硝烟，但一个人想要取得成功，一样需要千千万万人为他铺路。在这些铺路石当中，有的人是主动的、心甘情愿成为铺路石的；而有的人是被动的、在不小心或者不知情的情况下成为铺路石的。这就是成功的某种游戏规则。

刘雨蝶，她有足够的魅力或者小小的技巧，可以让不少人尤其是男人成为她的铺路石。

她的身上有三个非常吸引眼球的标签：首先，她是八零后的美女，可谓年轻漂亮正当年；然后，她是公司老总，有自己的事业，男人们对能干的女人一样是倾慕的；其三，她是个智商、情商都比较高的，表面上看起来乖巧顺从的女人。打个比方，某次，她请我一起去漂亮宝贝洗头，我觉得她的紧身打底裤不够漂亮时尚，甚至不太好看，我只是说了一句：“你这条裤子没有昨天穿的那条好看。”她居然立刻把那条不够好看的裤子脱了，里面还有一条，是看起来很时尚的。她这样做的时候，我心里有小小的感动。这个人能够如此谦逊地听从别人的忠告，真是不容易。

有了这三个标签，或者说，三件武器，就会有不少男人女人愿意追捧她，愿意给她当铺路石。我不也是其中的一块石子吗？她常常向我请教法律问题，我也是有问必答的，尽管她并没有聘请我当她的法律顾问。当然，毕竟我跟她之间还有一层私人关系在，彼此是朋友，倒也不必过于计较。况且，她一直对我很好，我也算知恩图报。

新闻发布会之后我赶紧起身去跟晓梦打招呼，她很关心地问起林虹。

这让我有些语塞。

我只知道顾凯陪她到长沙做了人流手术，也听说她还是有自杀倾向，但其他的情况我就不清楚了。

说实话，我自己太忙了，确实没太多的精力去管那个林虹。更何况，对于一个想抢走我老公的女人，我已经仁至义尽了，我都让自己的侄女去演一场戏试图营救她了，我都眼睁睁地看着自己的老公去陪她做人流手术了，还要我怎么样？

她实在要自杀，让她自杀去吧，让她去死吧，和我无关。

这么想着，我觉得我心里憋得特别难受。

天知道，我其实真不是个歹毒的女人。

晓梦很忙，跟我简单聊了几句，她就走了，这让我松了一口气。

这次到长沙，我还有机会结识了几个新朋友，顺便参与了投资电视剧的洽谈，这让我感到有些新鲜。

我的朋友娟子曾经在林邑电视台担任新闻主播，这几年在长沙发展，最近她和省台一位领导一起筹拍一部三十集电视连续剧《一代伟人和他的亲人》。这部剧全部投资预算一共三千万，剧本已经通过中央重大历史题材领导小组的审批，拍摄拟用市场化运作方式，吸引百分之六十的民间资金共同操盘。

娟子请我吃饭的时候提到这个事，席间一位文化传播公司的老总非常看好这部剧，双方一拍即合，决定共同实施这个项目。

事实上，一些看起来非常重大的事，就只是几个关键人物非常偶然的一个决定。就像刘雨蝶召开的那场新闻发布会一样，只是刘雨蝶和宋总两个人通了一次电话之后就做出了决定，整个场面策划得那么轰轰烈烈，本省主流媒体，包括电视、报纸、杂志、网络通通到场。

一些所谓的大事，其实都是小部分人所为的；而许多人一起做的，往往是些小事。然而大事也好，小事也好，在时间面前，都是微不足道的事。

此次长沙之行让我心情舒畅许多。

Chapter 25

晓梦：男人花心的原因

One

我是心理咨询师晓梦。

尽管顾凯对我提了一个附加条件，但是当他电话里约我当面做心理咨询的时候，我几乎没有任何犹豫，就立即答应了他。仅仅因为他是顾凯，仅仅因为我想亲眼见见他，满足自己的好奇心。

他的附加条件并不苛刻，他要求不来心理咨询公司，而是找一个茶楼的包厢做心理咨询，他承担相关费用，并且一样按五百元每小时支付心理咨询费。

平常我不太接受这样的谈判条件，因为按照常理，要做心理咨询是应该到心理咨询公司来的。不仅仅因为公司有专业的心理咨询设置及相关设施，还因为，来访者上门到我所在的地方，说明他有诚意，有改变的愿望，这样我更能把握主动权。而如果离开这个阵地，转移到了其他地方，情形就会变得有些微妙。不少来访者就是用这样的方式想要控制心理咨询师，所以对于那种不愿意在心理咨询室进行的咨询，我一般不接受，会转给其他心理咨询师。

我之所以接受顾凯的条件，一方面是因为我对自己有一定的把握；另一方面，是因为我实在想看看，这个未曾谋面的男人，究竟有什么样的魅力，可以让那么多女人为他痴迷？就连杜红雨这样一个智商、情商都很高的女人，居然也肯一次次原谅他犯下的错，我想好好对他做一个心理学意义上的解读。

有人说心理咨询师不应该有太多好奇心，这话错了，恰恰相反，正因为有过于严重的好奇心，人们才会对心理学感兴趣。只不过，有朝一日真成了资深的心理咨询师，接触的人和事一多，见怪不怪，好奇心慢慢就被磨损了。

总之，为顾凯做心理咨询，既是一个零距离接触复合型人格的机会，也是一次挑战，这让我跃跃欲试。

我到达那家高档茶楼包厢的时候，顾凯已经坐在里面。

我面带微笑，扫视了这个男人一眼。

一眼看过去，我能读到的信息非常有限，但基本上可以确定这确实是一个相当有魅力的男人。

他的穿着比较讲究，身上的衣服是很有档次的，他的表情既不是很严肃，也不让人觉得特别放松。总之，他的外表是那种看上去让人感觉也还顺眼的男人。如果不是因为我已经从杜红雨、林虹的嘴里对他有了一定程度的了解，我想，他的外表会引导我对他做出并不准确的判断。如果完全不了解他，我会认为，他是那种非常严谨、很认真、很理性的人。总之，扫了他一眼之后，我就在心里告诫自己，以后万万不可以单单凭感觉就对一个人下结论。

他问：“晓梦老师，你喝什么茶？”

我顺口说来一杯参须麦冬。

因为这种茶可以提神，面对这样一个强劲的对手，我确实需要提提神才行。

等茶的时候，我决定先让顾凯做一个心理小测试，于是，我微笑着问顾凯："你希望我怎么称呼你？"

他说："就叫我的名字，顾凯。虽然我们是第一次见面，但我觉得我们仿佛已经很熟了。我在网上看过你的文章和照片，是杜红雨推荐我看的。"

我点点头说："好的。顾凯，你介意做一个小小的心理游戏吗？"

"什么心理游戏？"

"非常简单，你只需要快速回答我的几个问题。这些问题很简单，你只需要配合就行。记住，要快速反应。"

他犹豫一下，点点头。

我在他眼前竖起右手食指，问他："这是几？"

他犹豫一下，回答说："是食指。"

我纠正他："我不是问你这是什么，我是问，这是几？"

他居然又笑笑，以开玩笑的口吻说："这是棍子。"

这个人，如此不按牌理出牌，他是怕被我牵着鼻子走？我收回手指，微微皱眉道："如果你是有诚意的，就请按照规则来做游戏。你是怕我设陷阱吗？这不是什么食指，也不是什么棍子，这是一，表示一个数量。等下游戏结束了，我会告诉你做这个简单游戏的真正目的。我再问一次，你明确回答，你愿意做这个游戏吗？"

他再犹豫一下，终于说："愿意！"

我再一次竖起右手食指，对他说："快速回答我的问题，这是几？"

他答："一。"

我再竖起右手食指和中指两根指头，问："这是几？"

他很快回答："二。"

我同时竖起右手食指、中指和无名指三根手指头，问："一加一等于几？"

他很快回答："三。"

我微笑不语。

而他很快醒悟过来，立刻更正："二。"

但他的第一个答案毕竟是错误的。

这个游戏，如果被试者从来没玩过，第一个答案出错率高达99%，屡试不爽。

顾凯有些尴尬，但他很快恢复了镇静，问道："你不是说要告诉我做这个游戏的目的吗？"

我笑笑道："这个游戏的目的，是要告诉我们两个道理，其一，人是很容易形成思维定式的，一后面是二，二后面是三，是思维定式诱导我们犯错误；其二，在处理信息方面，视觉功能优于听觉功能。"

顾凯点点头，若有所思道："有道理。"

我心中暗笑，其实我此刻跟他玩这个游戏最主要的目的并不是这两个，可以说我是在玩一个小小的花招。

Two

这样做真正的目的是，我觉得顾凯有些难以把握，玩这样一个游戏，只要他输了，就可以给他来个下马威。而照目前的情形看来，这个目的已经达到了。因为顾凯从神情到举止，都已多了几分谦恭，不再有可以在我面前居高临下的态度。

正好，茶上来了。

顾凯等服务员退下，眼看我喝了一口茶，他开口了："晓梦老师，我要告诉你，这次我来长沙，是来开会，再顺便找个时间来看看你。你觉得像我这样的人，需要看心理医生吗？"

我微笑，反问："你不是正在跟一位心理医生说话吗？"

顾凯答："不错。可是说实话，这次我来找你，是杜红雨的意思。当然，不排除另一个因素，我之所以肯来，也有对你感到好奇的成分。"

"为什么对我好奇？"

"一个可以让杜红雨心服口服的女人，绝对是不简单的。"

"你现在已经看到我了，我是非常简单的一个人。"

"不，你确实不简单。"

"好吧，我简不简单，那是我的事。假如你来只是为了研究我到底简不简单，我觉得我们的交谈实在没多大意义，现在就可以结束了。"

"哦，你这句话好噎人咧。如果我更心高气傲一些，我真的会结束我们之间的谈话。"

"我并不介意你真的结束谈话，我只不过是为了表达一个意思，我觉得我们应该转移一下话题。你为什么找我？你为什么接受杜红雨的建议真的来找我？当然，你对我的好奇心，就不用再提了，我们都不是国宝大熊猫。"

顾凯"哈"地笑起来，这是一个很有幽默感的男人。

我不笑，亦不语。

他收敛了笑容，说："晓梦老师，我的故事，我相信你已经知道得不少。至少，你已经知道了林虹。"

我只是用微笑代替语言。

他犹豫片刻，说："其实我有时候也会问我自己，顾凯，为什么你会这么花心？你怎么那么容易见一个爱一个？晓梦老师，花心真的是有病，真是有心理问题吗？"

我斟酌词句问："先不说花心是不是一种病，你分析过你自己吗？为什么你会爱上不同的女人？当然，我的问题，应该说都是为了回答你的问题才问的。假如你觉得我问得太直接，你有权利不回答。"

他说："我当然想过。我觉得，男人，有时候，真的是身不由己。就比如说我和林虹，我想，一百个男人里，在这样的情形之中，至少有九十五个会爱上林虹。因为是林虹先爱上我，而且，她对我的照顾那么周到。"

"你的意思是说，你是因为感激她，所以才爱上她？"

"不完全是。我确实很感激她，我也确实爱上了她。你应该知道，人在脆弱的时候，很容易爱上那个带给他力量的人。"

"我理解你。"

"不瞒你说，除了杜红雨和林虹，我还爱过其他女人。我自己也很想知道，这究竟是为什么。其实，杜红雨很好，我对她也没什么不满意的地方，但我自己也不知道我为什么还会爱上别人，难道我是个品德败坏的人？"

"不能因此说你品德败坏。但至少，也许可以说明几个问题，其一，你自我控制能力不是太强，当然，也可能是你某些时候并不想控制自己；其二，你身上有太多关于性与情感的能量，你是个精力非常旺盛的人；其三，你对自己使用了多元化的情爱观、道德观，你并不真的认为这样做是道德败坏；其四，说明你有太多机会，也就是太多的女人喜欢你；嗯，应该说还有其五，说明你智商可能比较高，因为你自信你的所作所为可以瞒过其他人，所以你才会放任自己这样做。"

他望着我，掩饰不住眼中的惊喜，叹口气说："晓梦老师，你说得太对了，你很理解我。"

我淡淡地说："看来你很认同我做的分析。事实上，我这么说，并不是认同你的做法，我们不过是在讨论你这样做的原因。"

顾凯掩饰地喝了一口茶，他说："不管怎么说，我明白杜红雨为什么那么佩服你了，因为你对人性，确实很了解。"

我淡淡地说："谢谢你的夸奖。"

顾凯继续道："晓梦老师，我想专门向你请教，我现在该如何面对林虹。"

林虹，整件事中，最棘手的就是林虹，我该怎么跟他说呢？

我只得低头喝茶，拖延一点时间。

我决定把他的问题挡回去："不要说请教，我不会教你怎么去面对林虹，因为我自己也不知道怎么去对待她，但我可以跟你一起做一些讨论。"

Three

说实话，林虹这件事情非常棘手，稍稍不慎，就会满盘皆输。其实在顾凯上次给我电话的时候，我已经给过他一些建议。那是我能给出的建议的底线。

我问顾凯："你自己有什么想法呢？"

他叹息一声，以手抱头："我已经决定离开她。但是，怎么离开，这对我是一个难题，也是一种折磨。你上次在电话里说过，我绝对不能主动提出分手。"

我点点头，强调道："是，你绝对不可以主动提分手，连试探都不行。"

他说："那我只能坐以待毙，没有任何办法。我只希望上帝保佑，希望林虹不是一个心肠狠毒的女人。如果她要有什么极端的做法，比如去我单位闹，找我的领导告状，我确实会非常麻烦。"

他说得没错，我不作声。

他拿出一张纸，在纸上胡乱涂画。他涂得非常用力，纸上许多地方都被他画破了。这说明他内心很焦虑，压力特别大。

我一直不出声。心理咨询，并非话越多越好。尤其心理咨询师的话，要少而精，应该尽可能让来访者表达自己，才是成功的。

我望着他，综合杜红雨和林虹给我的信息，我明白顾凯的杀伤力何在了。这是一个既理性又感性，既冲动又冷静，既聪明又会偶尔做傻事的男人，加上他手里的权力以及他不俗的外貌和谈吐，只要他愿意，他简直能在女性世界里所向披靡。

他涂了半天，停下笔，叹息着说："总的说来，就是我不但不能主动抛弃林虹，还要在她需要我的时候，尽可能为她提供帮助。"

我点点头说："是的，这是你的责任。"

一个小时很快就过去了。

从他手里接过现金的时候，我有些不好意思。

我不喜欢这种感觉，所以我很少接手要求在心理咨询公司之外进行的咨询业务。

我不知道他和林虹之间的纠缠会如何结束，但那不是我的事，我可以不必太关心。

Chapter 26

林虹：遇到更苦命的孩子

One

我，林虹，这阵子一天到晚脑袋晕乎乎的。

顾凯这段时间的表现非常奇怪。

如果我发短信给他，他会非常积极地回应。可是，如果我控制自己不去理他，他竟然可以三五天甚至一周没有音信。可是往往不到一周，我又会无法自控地主动跟他联系。

以前他不是这样的，以前他基本上每天都会跟我保持联系。我们刚开始那段时间，他甚至会一天两三次打我电话，问我在干什么，说他很想我之类的话。后来即使他变得不再那么积极，但如果我有意不联系他，两三天之后，他也会主动跟我保持联系。只要他心里有我，他一定会按自己的节奏联系我。

现在的情形非常明了，他确实已经不爱我了。

一个男人如果深爱一个女人，不管多忙，他一定会每天设法跟她保持联系，他一定会用很多办法让她知道他爱她。

像顾凯这样，他不再主动理会我，而如果我主动找他，他又积极回应，那就说明，他已经想跟我分手，但是他不愿意承担分手的责任。

我的心感到深深的悲哀。

我确实很天真，但我不傻。

陆明这段时间跟我联系很频繁。

他说在书店第一眼看到我，就对我非常有好感，他觉得我是个非常有气质的淑女，还说我眼底的忧郁深深吸引了他。他说他有事没事总会想起我，于是决定找机会跟我交往。我喜欢他说话如此坦白，我喜欢简单的人。

而我，这段时间正陷在一种对顾凯异常绝望的情绪里，也愿意尝试给自己新的开始，不然，我会对这世界彻底失去兴趣。

我开始接受陆明的约会。

陆明是个极其浪漫也非常注重细节的年轻男子，这一点可能跟他做装修设计有关，因为设计是一定要注重细节的。

他很懂得如何来宠爱女孩儿，而他用的是最俗套的武器和方式。

他事先没经过我同意，就给我打了一些美容美发卡，还送给我化妆品，几乎每个星期他都会给我买衣服，他说要把我打扮成林邑城里最漂亮的姑娘。他买给我的衣服里，有一套米色的蕾丝套裙，我一穿上，就喜欢得不得了。陆明说，穿上那套衣服，我就像一位王室的公主，很纯洁，很尊贵。事实上，他送我礼物的时候，我刚开始总是拒绝，非常坚定地拒绝，但是他说这是他的风格，当他真心喜欢一个女孩儿，就会尽自己所能让这个女孩儿开心；还说如果我拒绝他，他会很痛苦。

不出两个月，我就被陆明俘虏了。不完全是被他的礼物俘虏，而是，他如此用心来讨我欢心，让我感动。我不认为我是一个多么物质化的女人，可是，我确信，如果一个男人真心喜欢一个女人的话，是一定会让这个女孩儿知道的。用各种礼物表达心愿，是主要方法之一。除非他并不真的喜欢这个女人。

陆明简直是所有女人的杀手，他总是很快乐，无比细心。他似乎永远知道自己该什么时候出现，什么时候消失。偶尔我加班的时候，他甚至会奇迹般突然站在我面前，给我送来许多好吃的小零食。

我觉得我的心里多了一种叫作快乐的感觉，只是单纯的快乐，没有掺杂丝毫痛苦，这是从来没有过的体验。以前和顾凯在一起，当然也快乐，有时候甚至更快乐，然而那些快乐的代价，是内心的痛苦和纠结。

我们有时候去爬山，有时候去烧烤，这个时候，我突然觉得，原来幸福离我并不远。

而且，我几乎要把顾凯给忘记了，而他也并没有再主动找过我。

我有时候会觉得自己有些可耻，为什么我会那么快就忘记我曾经用心来爱的男人？为什么那么快我就不再痛苦，不再思念？在我看来，痛苦也好，思念也罢，都是高贵的、纯粹的感情，我觉得我简直有些堕落了。

不过很奇怪，即使对我这么好，陆明也并不要求跟我上床，这倒是正中我的下怀。虽然我不是一个不解风情的女人，但，我真的不喜欢动不动就跟男人零距离。交往两个月，时间还不长呢。

我要真心爱上一个人，才会愿意跟他上床，我不知道别的女人是不是也这样。

有一次很晚了，陆明送我回家，我知道妈妈在家里，即使让陆明上去喝杯水，也没什么关系，我于是邀请陆明到家里喝水，而且明确告诉他我妈妈会给他泡茶。结果陆明真的上来喝了杯水，而妈妈已经睡了。是我亲自给他泡的茶，陆明喝了杯茶，对我笑一笑，轻轻拥抱了我一下，吻吻我的额头，就下去了。

那样轻轻的一个拥抱，似乎把我内心所有爱的感觉，通通激活了，这是一种从来不曾有过的感觉。跟顾凯在一起，我的爱是盲目的、疯狂的，也是充满痛苦的，我自己都不知道自己为什么要那么爱他。

而陆明的一个拥抱，却让我感动。一时间，幸福、温暖、安全，这些明亮的词汇，像一群春天归来的大雁，拍打着翅膀，在我的心空里飞翔。

是的，这才是我真心想要的爱的感觉。

可是为什么，我的心总是有些不踏实？我害怕这一切都是错觉吗？

Two

这一天，陆明约我去一家中西餐厅见面。他在电话里的声音跟平常有些不一样，好像很低沉，有些躲闪，似乎有什么难言之隐，我突然有了不祥的预感。

我特意化了个淡妆，我也不知道为什么突然想化妆。其实平常，我都是素容。难道是我自己有些紧张，需要用化妆来掩饰吗？

出门的时候，我一下子忘记拿包，一下子忘记把拖鞋换下来，总之，我老半天才出得了门。

我迟到了半个小时，而平常，我基本上是不迟到的。

陆明坐在我的对面，面色沉郁。他特别点了一壶咖啡，而他平常很少喝咖啡。

我怯怯地看他一眼，然后把目光投向别处。

我心不在焉，胡思乱想。

他知道我和顾凯的事，不想要我了吗？他要到别的城市去发展了吗？他有了新的意中人了吗？总之，他决定要跟我分手了吗？他究竟想跟我说什么？我简直要想破脑袋，简直要崩溃，要发疯，我拼命控制住自己。

陆明一直沉默地喝咖啡，似乎开口很困难。

我终于收回目光，凝望他，温柔地说："陆明，你今天找我，应该是有很重要的事情告诉我，对吗？你说吧，不管什么事，我都接受得了。"

是的，我的命那么苦，还有什么事情无法接受呢？

陆明定定地望着我，似乎思索了好一阵，才终于开口："虹，我觉得我好像真的爱上你了。"

我大大松了口气，嫣然一笑，感觉到心里有花朵噼噼啪啪地开放，而眼眶里却有泪要涌出来。

我开玩笑说："你把我吓得半死，我以为发生什么可怕的事情了，我以为你不喜欢我了。你的表情，你的语气告诉我，爱上我，好像是一件非常可怕的事情。"

陆明却没有笑，他认真地说："你说对了，如果我真的爱上你，确实不是一件好事情，"他沉默了一阵，接着说，"如果我真的爱上一个女人，我就会决定离开她，一定要离开。"

他的声音变得那么冷，冷得把我脸上的笑容都冻结起来。

我定定地望着他，难道是我听错了？这是开什么玩笑？

他叫来一瓶红酒，要来两个红酒杯。

他把两个杯子都斟了半杯酒，然后，他命令我端杯，我木偶般被动地服从他的指令。他跟我碰了碰杯，然后，一饮而尽。

他看着我，示意我也把酒喝掉。

我平常根本不喝酒，但我一样端起杯子把它喝干了。

好涩的酒啊，怎么会有人那么喜欢喝酒呢？

我不动，不说话，只是看着他。

我的心似乎悠悠飞离了我的身体，飞到天上去了。

我抓不住它。

为什么幸福会如此短暂?

陆明看着我，他说:“虹，我本来希望我们可以做两个最好的朋友，永不相爱，也永不离开。可是，不行，我真的开始爱你了。我们不在一起的时候，我不停地想你，晚上梦里也是你。不行，我不能爱上任何女人。我害怕女人，仇视女人，可是，我又喜欢女人。”

他的话如此矛盾，让我觉得非常奇怪，可是我不开口，我心灰意冷得什么都不想说。

他的行为实在是极其矛盾的。即使不是我，换作任何其他女人，得到他如此细致的呵护，都会认为陆明是在和她谈恋爱，而陆明却说自己根本不愿意爱。

这里面一定有什么问题，一定隐藏了什么秘密。

Three

果然，陆明继续说:“我很小的时候，大概五六岁的时候，我的妈妈就跟别的男人跑了，一去无踪，再也没有消息。我爸爸很伤心，但是他一直把我养大。后来，我二十岁那年，我爸爸得肝癌去世了，留下我一个人，好孤单。我一直没交过真正的女朋友。我喜欢跟女孩儿接近，喜欢讨好她们，用尽一切手段讨好我看中的女孩儿。我们刚认识的时候，你应该知道，我也是努力在讨好你的。但是，我不敢爱上女人。一旦爱上女人，我就会强迫自己失踪。我已经在三个女孩儿面前失踪过了，其中一个，还怀了孕，我逼着她去把孩子打掉，然后，给她留下一笔钱，我就消失不见了。你本来是第四个，我本来在你面前也想不声不响地走掉，可是我觉得你太脆弱了，我怕你会受不了，所以，我决定还是当面告诉你。明天，我就会离开林邑，到别的城市去。我本来就是从别的地方来的，我没有家，我只能到处漂流。”

我凝视他，泪水终于落下来。既然他已经失踪过三次，我不认为我有能力可以留住他。

我哽咽着说：“陆明，谢谢你为我着想。以前我一直觉得自己很不幸，其实，你是一个比我更苦命的孩子。我起码还有我妈妈，我起码还敢去爱一个人，可是你什么亲人都没有了，你连爱都不敢再去爱。如果你一定要走，我不留你，我不认为我有能力可以留住你。可是我要告诉你，如果你觉得这个世界上还有爱的希望，相信我，我们就是彼此最后的希望。如果你一定要走，那你就走吧！现在，我为你饯行。我想要告诉你，我也真心爱上你了。”

我倒了满满一杯酒，一饮而尽。然后，我转头离开。陆明，他并没有追上来。

那天夜里，我头晕得很厉害，可能是酒喝多了，我基本上没有睡。

第二天早上，妈妈说要回那边的老房子拿点东西，我说：“那你干脆过两天再回来吧，我打算请几个朋友到家里来玩牌，这些日子，我过得太闷了。”

妈妈说：“也好，那我就过几天再来。”

妈妈似乎一点都没有发现我的异常。当然，也许是我自己掩饰得太好了。其实妈妈根本就没心思管我，她即使跟我在一起，也总是不停地发呆，我也不知道她的心思到底在哪里，也许一直跟着我爸爸的灵魂吧！

第二天夜里，我一个人在家。我躺在床上，不想吃东西，什么事情都不想做。

我在想，不知道陆明漂流到了哪里？他是不是真的离开了呢？他没打我的电话，我也就不给他打电话。他不想要我了，我还去找他干什么？有一个朋友告诉过我，当一个男人不再来找你，你就永远不要再去找他。何况，我们基本上还没开始，他并没有承诺当我的男朋友，我们只是在一起很快乐。

我还在想，不知道顾凯这段时间过得怎么样，他是个多么薄情的男人啊，一下子就把我忘记了。

然后我开始自怜。我，林虹，一个也还美丽也还善良的女人，命却那么不好，老是遇上不对的男人。

我爬起来，从抽屉里拿出那两封信，我把信再细细读一遍。说实话，对这个世界，我不是没有留恋。

我把写给顾凯的那封信用打火机烧掉，把写给妈妈的那封信放在餐桌上，她过两天回来就可以看到这封信。

然后，我走到厨房，把煤气打开，听到煤气“滋滋”地冒出来，我闻到一股熟悉的气味。

这是死亡的声音，死亡的味道。

我穿上陆明买给我的那套米色裙装，在越来越浓的煤气味道中，静静地开始化妆。我久久地站在镜子前，左顾右盼，看着自己的样子。

是的，镜子里的女孩儿，纯洁、尊贵，像一位公主。顾凯，陆明，这两个我爱过的男人，真的把我当成过公主吗?

然后，我重新躺回床上。

我要睡觉了，睡过去，永不醒来。

陆明，来世，我要做你真正的公主，又纯洁，又尊贵，绝不看错人，绝不走错路。

现在，我真的要睡了，从此长睡不醒。

Chapter 27

顾凯：又来了，诱惑

One

这段时间，我，倒霉的顾凯，简直有些魂不守舍，精疲力竭。

首先是年底了，任务重，应酬多，工作压力大；然后，林虹的事，也让我伤透脑筋。每次跟她在一起，林虹都是哭泣、责备，跟她在一起毫无愉快可言。我本来就累，简直本能地就不想再见到她。可我又总担心她，怕她真的自杀，那样我的罪孽就太深重了；也怕她真的歇斯底里来我的单位闹，无疑会影响我的仕途。撇开仕途不谈，我的家庭也会受到影响。

我狠下心来，绝对不再主动联系林虹，哪怕有时候我会想念她；但是如果她主动联系我，我会充满热情地回应。心理咨询师建议我这样做，应该是有道理的。我分析这样做的目的是，让林虹觉得我一直是爱她的，然而她会逐渐不满我对她不够主动热情，只要她有更好的选择，她就会自己决定放弃我；当然，如果她一直要抓住我不放，我亦不能松手。这样，她就不会有被抛弃的感觉，对我的怨恨也会减轻。

这让我真的很累，亦让我痛恨自己。早知道如此，真的不应该有开始。

相爱容易；离别，却让人痛苦不已，彼此都痛。我记得有一次看到这么一个说法，说在亲密关系里的两个人，离别这件事，和死亡意义是相同的，即所谓生离死别，因为分手是一件很痛苦也很凶险的事。众所周知，不少人就是因为没有处理好分手的火候，最终祸起萧墙。真正智慧而有责任心的人应该如此行事：要么别爱，爱了，最好永远不要分开，除非双方都想要分手。

果然，林虹起初还主动给我发短信，后来，渐渐地，短信越来越少，间隔的时间越来越长，她甚至连续一两个星期不联系我了。

我设法打听了一下，听说她和一个年轻人走得很近，人也开朗了许多。

也许，这就是最好的结局，我衷心祝福她。我长长舒了口气，但，心里不是没有失落。我有时候也会真心思念她，毕竟她是个可爱的、贴心的女子；毕竟她曾经那么爱我，我们曾经相爱过。

可还是会有所谓的桃花运来到我身边，即使我每天都过得忙忙碌碌的。

我的身边总是挤满了各种各样的人，有时候是跟领导在一起，有时候是我的下属向我汇报工作，有时候是和相关单位的负责人一起谈事情。除非刻意安排，我很少有机会独处。看看吧，我每天都要处理各种文件，还要四处检查工作，非工作时间，大多是在酒桌、牌桌上，KTV 包房或者足浴城里。

如果我想跟女人有情感纠缠，只要我愿意，那是一件跟看场电影一样容易的事情，太多女人想要靠近我。事实上，对于男女之事我是非常慎重的。我很少逢场作戏，但也不是完全拒绝逢场作戏。在许多人眼里，这样的日子是风光的，是潇洒的。如果真算风光和潇洒，那也是我自己努力的结果，我确实为工作付出了很多努力，连节假日都很少休息，常常心力交瘁。有时候我恨不得身边这些人通通消失，偶尔中午吃过工作餐，我会把自己反锁在办公室里，想休息一下。如果这个时候有人打我电话约我去放松，我常常借故推托，说我在外地，说我没空，反正找各种借口和理由推开他们。我累得想躲起来，哪怕只能躲个十几分钟。

我一直是个非常看重事业的男人。我很勤奋，靠自己的能力和努力在这个社会上谋得了一席之地。男人有为才有位，有位了，有权了，一些看起来很好的事情，也都跟着来了。其实一些事，只是看起来好而已。

我其实很重感情，妻子也好，情人也好，和她们在一起的时候，我绝对是真心善待她们的；但一离开，我就会立刻把精力放到眼前的事情上，似乎把她们忘记了。

也就是说，我对当下的事情更为投入。

我觉得自己看透了生命的真谛。每个人来这世上一趟，最终都会离去，认真对待自己遇到的事情就行了。在这个世界上，没有任何事情会让我放不下。不管怎么活，人，永远不要跟自己过不去，永远不要委屈自己，过一天，就好好快乐一天。我身边一些人，活着活着，突然就没了。我曾经亲眼看到一个兄弟，他在酒桌上挨个敬酒，敬着敬着，突然就往后倒，再也没有醒来。我自己，不也在医院躺过好几个月吗?

也就是说，人不知道什么时候就再也没有第二天。

不管你怎么爱一个人，怎么恨一个人；不管你怎么喜欢一件事，怎么讨厌一件事，你自己没有了，一切就都没有了。

人生，不过如此。

前几天杜红雨还在表扬我，她说我重新变回了一个好老公。

如果没有重要应酬，我会早早回到家里。跟顾长天玩一阵，陪杜红雨说说话，然后看看电视。

对于应酬，我总是能推就推；可是大多数时候，推都推不掉。

这天下午三点，一个大企业老板打我手机，说晚上要请我的客。我推说家里有事，不去。他说："顾局，你不给我面子没关系，不能不给美女面子。等等，美女抢着要跟你说话。"

然后手机里传来一个女孩儿甜甜的娇滴滴的声音："顾局长，久闻大名，能不能赏光让我见见你？"

这个声音非常清脆，也很纯净，又微微带了些撒娇的意思，似曾相识的感觉，让人心动。

我突然觉得这声音跟林虹非常像，心头更是为之一动。

手机里重又响起那个老板的声音："顾局，我和美女五点半钟在'湘水人家'等你，另外还有几个领导，一个是财政局王局长，一个是交通局刘局长，他们都答应来，主要是给美女面子。不见不散哟，不要让美女伤心嘛，她今天是特意来认识你的。"

什么美女特意来认识我？而且，她的声音真的很像林虹。难道，就是林虹，她在跟我开玩笑？加上，财政局、交通局的一把手都被他请动了，我不去也不好。

我决定去看看。

Two

原来是林邑电视台美女主播陈琳。

所谓特意来认识我，不过是那个老板开的玩笑。

我常常在屏幕上见到陈琳，她本人其实比屏幕上更漂亮。

酒桌上有美女，而且是个品位很高的知性美女，气氛就是不一样。

陈琳俨然是个大众情人，人见人爱，花见花开，似乎在座的男人都喜欢她。

我完全没有表露出惊艳的样子，因为我见过的美女太多了。杜红雨已经够漂亮了，杜鹃，其实比杜红雨和陈琳都要漂亮。陈琳化了妆，而杜鹃是天生丽质，所以我并不觉得陈琳有多么让人惊艳。再加上，发生了林虹这件事，让我对美女的兴趣大打折扣。我终于明白这世上没有无缘无故的爱，也没有无缘无故的恨；而且，爱也好，恨也好，都是有代价的。命运总会对人的所作所为进行清算。出来混，总要埋单。

陈琳带来一个残疾人女画家，因为她们来这里之前刚刚完成了一场人物访谈。陈琳说她非常尊敬这位画家，她们很谈得来，所以求女画家过来陪她一起吃饭。

这名女画家可能小时候患过小儿麻痹症，口眼歪斜，而且行动起来没那么利索。但她的神情是庄重的，表现得不卑不亢。这样的人如果有才，往往才情令人惊艳。上帝终究会尽可能显得公平一些。

我用发自内心的敬意和温暖笑容给女画家敬酒，甚至寒暄几句时，还情不自禁友好地拍了拍她的肩膀。我当然不是很轻浮的人，平常我绝不会跟陌生女人有肢体接触。但，我的直觉让我这么做。

而对陈琳，我只是微微笑了笑，礼节性地敬了她一杯酒。

如果仔细反思自己，我恰好给了这两个女子她们在人际关系中最缺乏的待遇。女画家最需要重视和关爱；而陈琳，估计早就对别人的殷勤腻味了。

因为心情没那么好，我不想太限制自己喝酒，于是跟男人们东一杯西一杯，不知不觉喝了很多，再喝就要醉了，于是宣布封杯，谁敬酒都不喝了。

可是我话音刚落，陈琳却不依不饶地端了杯酒径直朝我走过来。

这不是在公然挑战我吗？我才说完谁敬都不喝，她偏偏故意款款走过来。

陈琳撒娇说：“顾局，这是我今晚敬的最后一杯酒，无论如何你要给我面子。”

这些漂亮的女人啊，就是被宠坏了，好像全天下男人都要给她们面子。而且，这个陈琳，偏偏找我挑战干什么？不是有好几个男人仍在跃跃欲试想跟她喝酒吗？

我说：“大美女，不要这么上纲上线的。一杯酒，跟面子不面子的没关系。你看，好几个帅哥要跟你喝酒嘛，你去敬他们，放过我吧，我真要醉了！”

陈琳娇笑道：“醉就醉，怕什么！男人不醉，女人没机会。”

这不是把话说反了吗？人家都是说：“女人不醉，男人没机会。”

大家都开始起哄，所有人的注意力都集中到了陈琳和我身上来。

看来，今晚我很难下台，我说：“陈琳，你一定要我喝这杯酒，倒也不难。但是你说说看，你怎么故意要跟我过不去？”

“顾局，我怎么会故意跟您过不去呢？好冤枉啊！人家是对你情有独钟呢。”

她说“情有独钟”四个字的时候，一字一顿的。毕竟是主持人，太会煽动大家的情绪了。

满桌的人都大声起哄，要我们喝交杯酒。

我说：“陈琳美女，你今天非要跟我较真，那我就不能不当真了哦。喝下这杯酒，你就跟我走，敢不敢？”

我吓唬她。

陈琳不说话，却媚笑着，头一甩，眉一扬，当众抛来一个媚眼。

这实在比说话更有杀伤力。

酒桌上的人都快疯了，有人过来抬起我的手把杯子直接往我嘴里灌，险些把酒洒在我衣服上。

这些疯子！

我于是一饮而尽。

我于是又醉了。

我记不太清他们是怎么闹着把陈琳往我身上推，而我却晕晕乎乎地躲，使劲把陈琳推开。

我甚至不知道是谁送我回的家。

当天晚上，陈琳发给我一条短信："记住我们的约定：喝了你的酒，我就跟你走。"

我是第二天早晨醒来才翻出那条短信的，我瞬间有些发呆。难道说，我又交了新的桃花运？假如更年轻一些，更轻狂一些，假如没有林虹这件事，我就会直接打陈琳的电话了。可是经历过这么多事，我对这类游戏没兴趣了。

唉，算了，我可不想再要那么多桃花运，实在吃不消。我没有理她，照常上班。

可是，我不理她，她却要理我。这天还没下班，陈琳的短信又到了："顾大局长，昨晚不是说好了我跟你走的吗？我们往哪里走？你怎么还不下指示呀？"

现在的女孩儿，怎么一个个这么生猛？这个陈琳，电视台的美女主播，应该找她的人多得是，怎么单单要来招惹我？她是同时跟好多人都这么逢场作戏，还是真像她自己说的，对我情有独钟？

我凝神思索了一下，是了，她大概是一直太顺了，要风得风，要雨得雨，无数男人拜倒在她的石榴裙下，好不容易遇到一个表现得稍有抵抗力的，她就起意一定要收服这个敢于忽视她的人。

女人，尤其是漂亮女人，一直被宠着、惯着，大部分都是精神发育未及成熟的小孩子，无比贪婪，总想像收集玩具一样收服所有男人的心，玩够了之后再一个个扔掉，只留自己最喜欢的一个。

我有礼有节地回了一条短信："谢谢美女记起，最近太忙，以后联系。"

以后，遇到重要应酬，让她来捧个场，把气氛调动得热闹一些，倒是不错的。像她这样的女孩儿，自身条件比较好，有的是男人围在她身边，她主动联系我几次，见我不积极，她会自己放弃的。

我不知道为什么我会那么有女人缘。说实话，我承认自己背叛了杜红雨；我也觉得自己对不起林虹；甚至对于樊影，我也问心有愧，我已经三四个月没去广州了。以前基本上每个月都去，那是因为我主动找机会；如果不是努力找机会，我没必要经常去。

至于这个陈琳，还是个没结婚的小姑娘，跟她有什么纠缠的话，天知道我会要付出什么样的代价。这一次，我就尽可能控制好自己吧！见过心理咨询师之后，我已经下决心要从此做一个用情相对专一的男人。当然，以前欠下的情债，我是要认账的，是要还的。

我该收心了，已经不想有什么新的艳遇。

就要过年了，樊影提前给我发来短信："你见或者不见我，我在这里，不悲不喜；你念或者不念我，情在这里，不离不去；你爱或者不爱我，爱在这里，不增不减；你来或者不来，我心在这里，不舍不弃。祝春节快乐，幸福吉祥。"

我心里有深深的感动，我理解樊影借眼下最流行的情诗想要表达的感情。我会尽快找机会去看她，这是我曾经最心爱的女人。我不知道我和她最终会有怎样的结局。也许，我们两个人的感情终究敌不过时间，会慢慢变淡直至消失；也许，我对她的感情，这辈子会一直持续下去，但是，只要现有的婚姻制度不变，她始终只能停留在我生命的暗处。

我回复："祝我心爱的女人在新的一年健康快乐，如意吉祥。"

Chapter 28

杜红雨：女人最后的归宿

One

我，杜红雨，这些天心情始终不够好。想起自己的老公是一个花心的男人，心里始终不爽。

男人啊，如果花心是你的本性，至少，你的智商要高一些，别让你的老婆察觉。不然，你们的婚姻会留下阴影。其实我想过离婚，可是说实话，离婚不见得是解决问题的最好方式，一样会痛苦，更可能给孩子留下心灵创伤。更何况，即使离开顾凯重新找一个男人，可是谁能保证那个男人就绝对不花心？要找到一个和我相爱的、非常优秀又不花心的男人，谈何容易？顾凯的本质其实不坏，不如学会忍耐和宽容，我相信他会浪子回头。哪座花园没有苍蝇、蚊子？我忍不住叹息，生活还是要继续的。

今天是所里二十多个律师年终聚会的日子，我们先开了个年终总结会，然后一起聚餐。

律师是如此高度自由的职业，完全要靠自己管理自己，大部分律师平常影子都见不到，除非有案子要办手续，才来所里打个转。这种单打独斗的状况，一度造成了律师行业无法做大、做强的局面。我决定从新的一年起，对所里的律师加强培训，形成几支力量很强的专业队伍。比如说我自己擅长上市业务，对证券法律这一块很拿手，就可以带几个律师出来，让他们也能揽到相关业务；再比如说，房地产、婚姻家庭这类法律事务，都是我们所里的强项，可以培养出一大批人才。

是的，既然几个合伙人选我牵头，我就要把这支团队带出来，这也是我的责任。

吃饭的时候，大家情绪都很high。我提着瓶红酒，和三个合伙人一起，绕场一圈，给每个人都敬了酒，感谢他们一年来辛勤努力的工作，感谢他们对事务所的信任和支持。

吃完饭我让杜鹃带大家去唱歌。这次唱歌我就不参加了，因为顾凯不在家，顾长天跟着阿姨，觉得没意思，已经几次打电话催我回去陪他。

我宣布年后正月十五大家再聚一次，开个收心会，然后好好投入新的工作，下次活动，我一定从头到尾都参加。

回到家里，发现顾长天的脸像只小花猫，我决定好好用心给他洗个脸。

这个小家伙，从进幼儿园起就一直读寄宿，而在寄宿学校，都是老师给他们洗澡，然后让他们自己洗脸。小家伙洗脸的时候总是敷衍了事，连耳朵根子都是黑的。

他现在重新读常规学校了，我要好好教教他，让他真正学会照顾自己。

不过，虽说孩子以前读寄宿学校，我还是尽可能抽空陪伴他。比如，在幼儿园的时候，我是隔天接他回家，也就是说，小家伙每天都能见到我；上了小学，他周五中午就回家了，周日下午才回学校去，而且，周二的晚上，我还会去学校探望他；另外，我还给孩子配了小灵通，可以每天跟我通话。我觉得，我这个妈妈应该也算尽力了。

那段时间，关于是否让他读寄宿的问题，我心里曾经非常纠结。不读寄宿吧，我和顾凯都没那么多时间照顾他；读吧，又担心会不会对他的关心太少。

后来发生的一件事，使我打消了顾虑。

小家伙六岁多的时候，写出了他人生中的第一首诗：

母爱

有一样东西，
在我心中飞扬，
又非常稀少，
那是母爱。
像天上的星星一样多，又像龙一样少，
它像一朵朵洁白浪花
轻轻流入我的心田。

我是看着小家伙写出这首诗来的，他简直是一挥而就，只花了不到十分钟时间。

那是一个周末，小家伙见我在电脑前打字，他突然问我："妈妈，你能写出母爱的诗来吗？"

我说："妈妈又不是诗人，可能写不出来啊！"

他说："我能。"

于是他就拿出纸笔，一气呵成，让我吃惊不小。

我问他这首诗是什么意思，为什么说母爱像星星一样多，又像龙一样稀少。

他说，有的小朋友能够得到很多母爱，会很开心；有的得不到母爱，所以母爱少。我接着问，那你得到的母爱是像星星一样多，还是像龙一样少?

他说，是像星星一样多的。

我心里想，其实是像龙一样少的。因为我只在周末才会陪他，有时候，连周末都陪的少。

不过，读寄宿学校也是有优势的，比如，可以培养孩子的独立精神。

而后来，我让顾长天重回普通学校，每天都可以回家，却是另有目的，是想让孩子成为家里爱的桥梁，让顾凯更爱这个家。

这个目的似乎达到了，因为自从顾长天每天回家，顾凯待在家里的时间也明显比以前多了。

不过，我自己也比以前累了许多。小家伙实在不是省油的灯，我在家里，他总是时时缠着我，要我陪他玩，要我给他讲故事。但是，如果这个家能够因此更为美满幸福，累一点，也是值得的吧。

我拿洗面奶非常用心地帮顾长天洗脸，但他突然缠着我要跟我睡。一个九岁的小男孩儿，还要求跟妈妈睡，真是的，我摇头说不行。

他说："妈妈，我只是偶尔要跟你睡嘛，偶尔。"

想想顾凯这两天早出晚归，我同意了。于是给顾凯发了个短信，说我带宝宝睡，让他回来睡书房，他很快回了一个字："好。"

小家伙继续说："妈妈，你怎么还把我当小孩子哄呢?"

"我怎么把你当小孩子哄了?"

"前两天，我有点儿感冒，你就说，我们回家去吃药药。吃药药，那不是哄小孩子的话吗?"

"哦，是的，我们家的小宝宝长大了。以后不说吃药药了，要说吃药。咦，既然你已经长大了，怎么还要跟妈妈睡呀?"

"啊！好吧好吧，药药就药药，随便你怎么说好了。妈妈，我要先上你的床了！”

小家伙说完这话，就跑到我的卧室里去了。

我大笑一阵，然后，把卫生间的门关起来，一个人躲在里面——我每天都需要这样让自己躲起来一阵子。

Two

每天早上起来或者入睡之前，如果没什么事，我总会在卫生间里耗上大半个小时。

慢慢洗漱，慢慢淋浴，只有在这个时候，整个世界都是安静而缓慢的。

我喜欢盯着卫生间地板的瓷砖看。

随着残留的水渍不同，上面会显示不同的画面。有时候是一个性感妖娆的女郎，有时候是一列穿长裙的妙龄少女；还有山脉、飞鸟、国王、神仙。我常常出神地盯着它们看，任由自己的思绪飞翔。

可是飞来飞去，最后我总会回到顾凯身上。假如他也在我身边，我们一起淋浴，一起温存、说笑，我是无暇顾及瓷砖上的画面的。抱着他，我就拥有了整个世界。可是，如果他不在我身边，我就会胡思乱想，什么都想，包括他是不是抱着别的女人。

我常常觉得看不懂自己，为什么我那么依恋他呢？为什么我一定要希望跟他建立那么亲密的关系呢？不是有许多夫妻貌合神离吗？当然，也有真正相亲相爱的夫妻，我希望我跟顾凯就是真正相亲相爱的。

有一次我在心理咨询师晓梦的空间里看到一篇关于建立亲密关系的文章，不过她还没最后写完，但已经足以让我欣赏她的观点。

在那篇文章里，她认为和人建立亲密关系是人的本能需求之一，极度渴求和极度逃避亲密关系都可能是因为生命早期缺乏关爱。建立亲密关系之后，两个人之间互动的时候，特别容易暴露人性的秘密。

我想，顾凯人性的秘密是什么？就是他容易花心吗？虽然知道他花心会让我痛苦，但是只要他的心仍然在这个家里，仍然在我身上，我就接受他，原谅他。

我不认为我这样做是没出息的表现，其实能够跟人建立起亲密关系绝对不是一件容易的事情。迄今为止，除了我的儿子之外，我觉得我只跟顾凯是真正建立了亲密关系的。其他人，秦啸声也好，杨威也好，都只是朋友，只是我生命中的过客。

而顾凯，基本上是不可替代的，我很爱他。

正如晓梦在那篇文章中所说："亲密关系的建立非一朝一夕之功，彼此要有诚意和共同的愿望，并乐于为此付出努力。这样，一旦亲密关系成功建立，你的心灵就拥有一处可以休养生息的乐园。真正的亲密关系，是可遇不可求的。岁月匆匆，我们的时间精力有限，人与人之间建立起真正的亲密关系，就像中彩票一样，概率极低。如果能够遇到这样的人，务请好好珍惜。"

想起这些观点，我突然心有所动，又给顾凯发了条短信："凯，让你内心的小顽童快快成长。这世上，乱花渐欲迷人眼，永远有新的人、新的事，而我们的时间和精力只能抵达极其有限的地方。好好呵护真心爱你也被你所爱的人，让她感受这世上更多的光和暖，感受你浓浓的爱意和深深的眷恋。深深吻，晚安！"

我被自己感动了，发出这条短信的时候，禁不住眼含热泪。

顾凯马上回短信："宝贝，晚安。你们先睡，我很快就会回去。吻！"

我相信顾凯能真正明白我的心。最后一个吻字，已经很久没有出现在他发给我的信息里，说明他同样被我感动了。经过这么多的折腾，我发现我确实理解了他。他的内心就是有一个小顽童，一有机会，就想要体会许多新鲜的人和事。

我明白我真心爱他。当然，我爱他，是我自己的事，如果有一天，他一定想要离开我，我同样不会勉强他，我仍然愿意感谢他、祝福他。毕竟，他给过我许多爱和欢乐。当然，情绪失控的时候我肯定也会恨他，没有人永远那么高尚。

我盯着瓷砖上一个看起来像太阳系的图案发呆。我们人类多么渺小而无助啊！终其一生，我们都在寻找一些事物来安慰和填补我们自己。

人类终极的安慰是什么呢？

情感？事业？自我？爱好？

我曾经寄望于情感，无论亲情、爱情还是友情，可是逐渐发觉情感这回事，需要彼此用心，要有大量沟通和相处，需要不停息地维系，尽管如此，还是有很多变数，不是别人变，就是自己变。把情感当作安慰，不是不可以，问题是，你找得到那个对的人吗？那个愿意和你倾心相守一生的人。顾凯，说实话，已经算不错了，可是一样会花心。不过，我感觉，他似乎渐渐在收心了。

事业当然可以用来安慰自己，可是事业也是不断在发生变化的。如果经营得足够好，当然可以算作安慰自己的灵丹妙药。

自我，任何时候都是最重要的。但，只有一个完整而强大的自我可以是最坚实的安慰。

至于爱好，对有的人行得通，有的人不行。

其实人生苦短，想那么多干什么呢？我忍不住叹息。

我终于离开卫生间来到卧室，顾长天还坐在床上看书。

这是个好习惯，我和顾凯睡前都喜欢看看书。

“小家伙，睡觉。”

小家伙不理我。

“顾长天，睡觉。”

顾长天不理我。

“宝宝，睡觉了。”

宝宝这才眉开眼笑地说：“好，睡觉。妈妈，你刚才那样叫我我不喜欢，我就不理你。”

“哦，你喜欢我叫你宝宝。”我哈哈笑。

“是的，我就是妈妈的宝贝。”他很郑重地说。

我笑，亲亲他，他也咧嘴笑起来。

然后，我关灯，抱着我的宝宝，开始睡觉。

我想，爱情固然美好，可是它太奢侈、太娇嫩，一不小心就会受伤甚至死亡。美好的爱情实在太少，拥有的时候当然要珍惜。然而对于大多数女人来说，到了一定的年龄阶段，自我、事业、家庭、孩子，才是最后的、最好的归宿。只有把自己经营好了，才能够不被外界的变化所左右。

这一觉我们都睡得很好。

Chapter 29

林虹：置之死地而后生

我，林虹，以为自己再也不会醒了。

可是我居然慢慢醒了过来，醒来时呻吟着说："水……我要喝水。"

有人把水喂到我嘴里。

我闭着眼，没有睁开，想了好一阵，才慢慢弄清楚自己是谁。

然而我并不急着睁开眼睛。

我不知道我是在哪里，是在传说中的天堂，还是地狱?

我慢慢记起陆明离开了我。

我慢慢记起我把两个煤气开关都打开了，它们发出"滋滋"的声音。

我慢慢记起我妈妈至少要两天之后才回来。

然后，我听到有人轻轻唤我："虹……"

我还听到低低的哭泣声。

怎么会是这么熟悉的声音?

我的泪水落下来。

真的是陆明?

真的是我妈妈?

我慢慢睁开眼睛。

确实是陆明，还有我妈妈。

我看到白白的墙壁，闻到非常熟悉的消毒水的味道。这么说，我是得救了？我既没有进天堂，也没有下地狱，而是在人间的医院里醒了过来?

我微笑，眼里的泪水不断涌出来。

陆明紧紧握住我的手，说话了：“虹，你醒了，太好了！谢谢上帝！你昏迷了两天！你把我吓死了！幸亏那天我及时回头去找你。我拿着车票拖着行李走到火车站站台上，突然觉得前所未有的孤单，突然觉得不想离开你。然后我决定回头去找你，请你原谅我。我到你家楼下，看到你房间里的灯一直开着，我打你的电话，没有人接；于是我去敲门，敲了很久，一直没有人应。然后，我还闻到煤气味，觉得不对，就打了110，把你家的锁撬开了。虹，你太傻了，你只要给我打一个电话，我就会留下来。你再也不能这么傻，我发誓，我永远不会再离开你。”

除了不停地掉眼泪，我什么也说不出来。

他轻轻抚摩我，继续说：“我要用生命来珍惜一个因为我的离开想要放弃自己生命的人。”

我没有力气说话，即使能够说话，我也不会告诉他，我之所以想放弃生命，确实是因为他离开，但不仅仅因为他离开。

我只是凝望着他，努力微笑，被泪水打湿的微笑。

我再慢慢转头望望正在抹眼泪的妈妈。

他们是我在这世上的亲人。

也许，我走过那么多路，遇到那么多人，甚至绝望地伤害自己，最终就是为了回过头来，好好爱自己，好好爱他们。

出院之后，陆明搬过来，和我住在一起。我们把那套小户型房子卖了，按揭买了一套更大的房子，全部按照陆明的意思进行了装修，我们让我妈妈也搬过来住。一个美好的结局在眼前对我们微笑。

我们打算半年之内结婚。

偶尔，我还是会想到顾凯，想起他的柔情蜜意，恍然如梦。我们之间真的彼此相爱过吗？世界上真有顾凯这样一个人吗？为什么在我的生命里，这个人，这份情，没有留下任何痕迹？

我想，虽然顾凯从不主动理我，但我还是要主动再给他一个最后的交代。

我给他发了短信："我终于找到了真正的爱人——一个我爱的，也爱我的人。谢谢命运曾经让我遇到你，谢谢你带给我的所有痛苦和美丽。"

他很快给我回复："祝福你，你是我真心爱过的女人。好好生活。"

我静静删去那两条短信，也删去手机里顾凯的名字。

这辈子，我再也不会联系这个人，他已成为一段历史。

感谢上帝，让我拥有陆明。

至少，他是可以让我在阳光下用心来爱的人。

能够在阳光下张开翅膀恣意翻飞的爱情，才是真正美好的。

Chapter 30

杜子归：完美结局

我，杜子归，近来常常有心花怒放的感觉。

把蓝蓝卷进去的那场房屋买卖官司一审判决书下来了。

判决结果，如我所料，由于蓝蓝并不知情，她是善意的第三人，而且蓝蓝连房产证都拿到手了，房屋买卖交易被确认合法有效，法院不支持撤销。就是在庭审过程中，王军知道了事情的来龙去脉，对蓝蓝不再有敌意，王军和他的妻子似乎也达成了某种谅解。

有时候，人要在某种特定的场合，经由某种仪式化的过程，才懂得醒悟。庄严的法庭、严肃的问话、温和的劝解，这些元素化解了这场纠纷。

这也是我建议王军起诉的初衷，不然他一天到晚和蓝蓝无理纠缠，那实在让人头痛。

十五天之内，没有人上诉，判决生效。

我牵头把方威武请出来吃饭。这次吃饭，就只有我和蓝蓝、方威武三个人，绝对没有贿赂方威武的意思，而是想成就一段佳话。

我和蓝蓝先到那家名为老树咖啡的茶餐厅等方威武。

我说："蓝蓝，说不定你的桃花运真的开始了哦，要好好把握机会。"

蓝蓝表现得有些不好意思，她说："八字还没一撇呢，看你在胡说什么，说不定人家不一定看上我。”

“你这样说，那就说明你已经看上他了，八字有一撇啦，就等他那一捺。”

她娇笑：“哇，杜鹃，你越来越坏，嘴巴越来越厉害，我要提醒韩斌把你管紧一点。”

我也笑道：“韩斌这一阵很忙，他没时间管我。”

蓝蓝问：“他的教育公司经营得怎么样？”

我说：“应该还不错，他教学很有一套，许多家长和学生主动找上门，就是韩老师自己太辛苦了。”

正说着，方威武到了。我和蓝蓝同时愣了一下，因为我们这时候才有机会发现方威武的身高很可能不符合蓝蓝的标准。

方威武大概刚够一米七，而身高一米六八的蓝蓝曾经声称一定要找一个一米八左右的帅哥，身高最低不能低于一米七五。

我瞟了蓝蓝一眼，见她的表情有些若有所失。

我赶紧站起来迎接方威武。他笑呵呵地说，得到美女律师的邀请，非常荣幸。他望着我的时候，眼神很温柔。我想，坏了，别让他误会是我喜欢他，得赶紧把话挑明。

我开门见山笑哈哈地说：“帅哥法官百忙之中跟我们来聚一聚，是给我们面子呢。不过，我今天请你来，是想把这位美女介绍给你。”

我于是把蓝蓝好好地吹捧了一通，说她如何有才情，如何温柔美丽。至于她的收入，我忽略没提。因为方威武同志已经知道了，蓝蓝年纪轻轻，已经自己买了房子，虽然不小心买的是套问题房子，但目前这房子现在已经没有问题了。

我对蓝蓝这小妞还有点儿担心，她会不会因为方威武的身高不符合理想而打退堂鼓呢？

对于她的挑剔，我实在是折服了。连追她的男孩儿上班的地点离她稍远，都曾经成为她认为两人不合适的理由。对于男朋友，她曾经列过“八要八不要”的“军规”，什么“要人品好，要帅，要有气质，要有品位，要宠爱女朋友，要身高一米八，要有经济基础，要幽默”；什么“不要谈过三次以上恋爱的，不要花心的，不要公安系统的，不要单亲家庭长大的，不要心高气傲的”，唉，我已经记不清还有哪几个不要了。反正，她的那些“不要”有些稀奇古怪，就说“不要公安系统”的那一条吧，我专门问过她为什么，她说，因为公安系统的男人十个有九个花。唉，公安系统的男同胞们，别怪我散布对你们有不利影响的舆论啊！虽然我也知道你们很冤枉，我当然也知道事实上，不少姑娘非警察不嫁，可是，谁让你们给我的闺密蓝蓝造成了如此不好的印象呢？赶紧拿出实际行动来平反吧！

我心里打了一阵鼓，然后把关注重点放在眼前的局势上来了，幸亏我们喝茶的气氛相当好。方威武同志谈古论今，其言谈既有思想高度，又轻松幽默，把蓝蓝逗得“咯咯”笑个不停，他们俩也不时热切地交换眼神。

看来有戏。

我起身悄悄买完单之后，非常识相地找了个借口提前开溜。

我说要帮男朋友去他公司里做事，他们俩都客气地留了我一阵，然后相视一笑，就放我走了。

我由衷地希望蓝蓝能够找到她情感的归宿。一个这么优秀的女孩儿，是配得到美好的爱情的。

前两天看到女性专家苏芩说的一句话，非常认同：“谁都希望遇到一个人，无条件地爱你、没理由地宠你。醒醒吧，姑娘！被喜欢，不是运气，是实力。别期望别人毫无理由地喜欢上你，这个时代的恋爱，是一堂活生生的励志课。你有优势，一辈子都有人真心爱你！”

是的，这是真理。最美好的自己，才配拥有最美好的爱情。

在路上，我接到龚鹏程的电话，他说他们厅直属的一家国有公司有一单仲裁法律业务，涉及的金额达三千多万元人民币，他想把这个业务交给我做。他嘱咐我一定要好好向我姑姑学习，把这个业务办好，甚至跟我姑姑一起接这个案子都可以，总之，一定要妥善处理这件事情；这样，事情做漂亮了，他以后就可以建议聘请我当那家公司林邑分公司的常年法律顾问。

他笑呵呵地说："小杜律师，你一定要好好干，不能让我失望啊！"

我连忙说："龚厅长，您放心，只要是律师能够做好的事情，我杜子归就一定可以做得好，肯定不会辜负您的期望。非常感谢您给我这样难得的机会，我一定全力以赴。"

我顺便问了问龚晓骏的情况，龚鹏程说龚晓骏浪子回头，重新回到学校里去了，而且成绩提高很快。我兴奋得简直有些晕头转向。近来，我听到的都是些好消息。

三千多万元标的，这就是传说中的大案了。光律师代理费都非常可观，估计是可以达到六位数的。而且，做好这件事，以后我还能成为那家国有分公司的常年法律顾问，这简直是天上掉下来的馅饼。

当然，这馅饼并不是无缘无故砸到我头上的，是以我把龚晓骏的案子办得很漂亮为前提的。虽然那个案子很简单，可也算是我的运气吧。谁让我有一个这样的好姑姑呢？谁成功不靠有个好机遇呢？努力当然重要，可是多得是努力了一辈子照样不成功的人。一个人，既要努力，也要机遇。有一句话说得好，越努力，越幸运。

我赶紧打电话给姑姑，向她报喜，姑姑也高兴得不得了。

看来，我杜子归，真的有希望快速由小律师成长为一个像姑姑一样的大律师。

这段时间韩斌忙得团团转。

不过他的教育公司运作得非常好。两个月下来，居然有好几万元的赢利。更重要的是，他过得很快乐。他踌躇满志地规划未来，说要从学校辞职，正式办一所全日制私立学校，从幼儿园，一直办到大学。

我相信韩斌可以心想事成，因为，他是一个又聪明又努力的男人。

晚上他在电脑前忙碌，制订下个月的管理方案，而我拿着一本法律业务书在一边看。天气真的很冷，我们开了空调，但这个空调效果不太好，还要再开一个电烤炉，才觉得暖和。不过没关系，春天很快就要来了。

韩斌伸了个懒腰，打着呵欠说："杜鹃，我困了，我要先去洗漱，等下你要记得关电灯，哦，不，你要记得关电脑，哦，不，你要记得关电烤炉和空调。"

这个人，已经彻底忙晕了。

我大笑："你到底要我关什么？"

他把我抱在怀里，坏笑："我要你把你的嘴巴关掉。"然后他深深地吻我。

我们把婚期定了下来。

2015 年 12 月 14 日，我们将举行盛大的婚礼。

这是韩斌选择的日子，也是我们全家都同意了的日子。老爸甚至表扬韩斌，夸他是个聪明人。

因为韩斌说，这个日子是有含义的，20151214，爱你有我，要爱一世。

看，毕竟是一个有情趣的数学老师，对数字可以做出这么浪漫的解释。

我笑着说："你真的有那么爱我吗？"

他不说话，只是深深地吻我。然后，他坚定地说："杜子归，我们要相爱一辈子！"

我鼻子发酸，叹息一声，不说话，只是紧紧地抱住他。

我仿佛已经看到眼前铺着红地毯，穿着洁白婚纱的我和韩斌手牵手走在地毯上，我们的头顶，有玫瑰花瓣在纷纷飞扬。

我还看到我们会有孩子，我们的孩子慢慢长大。

多么老掉牙的画面啊，可哪个女人不喜欢这样的场景呢?

我相信有那么一天，就像图片上画的那样，我们的头发都开始变白，牙齿脱落，满脸皱纹，依然牵着手，迎着夕阳含笑相望。

后　记

“爱情是一种疾病，写作是一种心理治疗。”

我常常会记住某一句话，却弄不清是谁说的。

这话也许偏激，但有一定道理。

有段时间，我的心因为一个人、一些事而感觉到前所未有的痛苦和煎熬。我终于醒悟到，其实一个人应该要和合适的人交往，否则，特别容易痛苦、有挫折感和不满足感。一个人要把自己的内心世界建设得非常符合他自己的本性，也就是，建设一个“对”的世界，才会有幸福可言。否则总是碰壁，头破血流。当然，想要世界对，必须自己先是对的；甚至可以说，当内心足够强大和完整，世界无所谓对错，遇到的一切，就是你的命运。

总之，我决定写一本关于女性该如何建设自己的独立世界，获得美好爱情的书。

恰好这个时候，一个非常优秀的女人因为老公出轨的事情找我做心理咨询。她是偶然读到我的心理小说《我用什么来安慰你》之后，决定来找我的。她的故事给我带来许多素材，在经过她的同意之后，我把她的故事纳入这本书里。当然，我做了许多处理，转换身份、虚构地名，使得其他任何人都不知道我是在写她的情感经历。

不久前的某天，和著名广播主持人罗刚、美女作家兰心在芙蓉中路的老树咖啡（现在，这家咖啡馆已经搬走了）吃饭喝茶，跟他们谈到我正在写的这本书，以及书中借杜鹃之口提到的我对婚恋中男女位置关系的理解，罗刚击节叹赏，他说他也一直有这样的观点，女人就是要找到一个男人，心甘情愿在他面前臣服，才会觉得幸福。当然，并不是说这个女人完全没有独立能力，只能向人称臣，恰恰相反，这个女人自己也要活得独立、精彩；除此之外，也还要内心有所依附，有人可以寄托，她的人生才会圆满充实。

在这本书里，我还想要探讨一下，我们究竟推崇什么样的爱情和婚姻?

之所以把爱情和婚姻分开来提，是因为，爱情和婚姻，真的通常是两件事。爱情的本质是相守、纠缠；而婚姻却更需要独立、包容。能够把这两件事变成一件事的，也许是幸福的人，但这样的人不够多。

有些人渴望的爱情是跟自己心爱的人时时刻刻永不分离，一方对另一方全然地依赖。事实上，这种共生关系的爱情，看似美好，却是有重大缺陷的。因为如果一方有什么意外，另一方基本上就无法存续。

有些人却过于强调独立，甚至倡导开放式的爱情，但这种爱情交集过小，双方不容易形成亲密关系，跟友情相比，仅仅多了性的关系，这不足以彰显爱情的特殊性。

还有一种爱情关系，双方既相亲相爱、相濡以沫，又彼此尊重、相对独立，这样的爱情关系才是接近完美的。在《转身遇见你的寂寞》这篇小说中，杜鹃和韩斌的爱情，基本上是一种比较完美的模式。

生命之所以美好，就是因为生命中有一些值得我们珍惜和依恋的事物，带给我们无尽的安慰，而美满的婚姻和爱情无疑是其中极为重要的组成。

祝福朋友们拥有自己渴望的爱情和婚姻。

晓梦

图书在版编目（CIP）数据

转身遇见你的寂寞 / 晓梦著. — 北京：北京联合出版公司，2016.4

ISBN 978-7-5502-6846-3

Ⅰ. ①转… Ⅱ. ①晓… Ⅲ. ①长篇小说－中国－当代 Ⅳ. ①I247.5

中国版本图书馆CIP数据核字(2015)第310539号

转身遇见你的寂寞

作　　者：晓　梦
出版统筹：新华先锋
责任编辑：王　巍
策划编辑：黎　靖　李　娜
封面设计：王　鑫
版式设计：王　玥
封面绘图：吴　莹　吴金峰

北京联合出版公司出版
（北京市西城区德外大街83号楼9层 100088）
北京鹏润伟业印刷有限公司印刷　新华书店经销
字数135千字　620毫米×889毫米　1/16　16印张
2016年4月第1版　2016年4月第1次印刷
ISBN 978-7-5502-6846-3
定价：36.00元
